龍&Dr.外伝

獅子の初恋、館長の受難

樹生かなめ

white heart

講談社X文庫

目次

龍&Dr.外伝
獅子の初恋、館長の受難――6
あとがき――254

イラストレーション／神葉理世（しんばりぜ）

龍&Dr.外伝

獅子の初恋、館長の受難

1

異常なし。

……いや、真夜中の美術館に人の気配がする。

警備員の巡回時間ではないはずだ。

こんな時間に誰だ、と明智松美術館の館長である緒形寿明は不審に思った。昨今、物騒な事件が世間を騒がせているから気が気でならない。

仕事熱心な警備員の大河原伸弥だったから、ほっと胸を撫で下ろした。

「……ああ、大河原くんか」

寿明が安堵の息を漏らすと、大河原は凜々しい顔を歪めた。

「……館長？」

いつになく、爽やかな警備員の声が掠れている。

「大河原くん、どうした？」

「それはこっちのセリフです。こんな時間にどうされました？」

「少し気になりましたんで」

母親にしつこく呼ばれ、実家に戻るつもりだったが引き返してきた。どうせ、実家に見合い相手がいることは明らかだ。エリートコースから外れた不肖の息子を案じているのだろう。遅い反抗期と揶揄されても、現在、寿明は実家から距離を取っている。

「そうですか。ご心配なく。なんの異常もありません」

「よかった。実は知人から盗品ばかり扱う闇オークションが東京にもあると聞いて怖くなったんだ」

　現在、明智松美術館で開催されている企画展『ボドリヤール・コレクション』の大目玉であるルーベンスを狙っていると耳にした。充分、ありえる話なので恐ろしい。

「この不景気で闇オークションですか？」

「……そう、極貧ニュースばかり流れているからこその闇オークションだと聞いた。今、うちで展示させてもらっているルーベンスの『花畑の聖母』があれば、自社廃業寸前の会社も助かるから、と……」

　ＡＴＭ襲撃や銀行強盗よりローリスクでハイリターン、と文化庁に勤めている知人は煽るように言った。寿明が二の句が継げなかったのは言うまでもない。

「館長にそんなことを言う知り合いがいたのですか」

「ちょっとした知り合いだ」

　寿明が手がけた企画展の評判がいいから、文化庁勤めの知人はやっかんでいるのかもしれない。どうやら、出向先の美術館で悲嘆に暮れるどころか、奮闘していることが面白くなかったようだ。寿明は役人のドス黒い負の感情をひしひしと感じた。

「心配しなくても館長が見直したセキュリティは完璧です」

前の館長の時はひどかった、と大河原はどこか遠い目で続けた。前任者も文部科学省からの出向で、学芸員の資格も持っていなかったが、最初から仕事をする気がなかったらしい。各界の著名人が多く住む高級住宅街に建つ明智松美術館は、いろいろな意味で荒れたそうだ。

「予算の問題で最新式の電子ロックを導入できなかったことが悔しい」

「大丈夫です」

「……じゃあ、お疲れ様です。頼みました」

寿明が挨拶をして立ち去ろうとした時、大河原の背後の壁がおかしいことに気づいた。

……いや、壁ではない。壁のように見えるが壁ではない。壁に何か立てかけられているのだろうか。

「……あれ？　大河原くん、後ろに何かありますか？　そこには何もなかったはずです」

寿明は大河原の背後にある大きな板のようなものに視線を留めた。壁と同じ色の布で包んでいるが、形から察するに号数の大きいキャンバスではないのか。

「昼間、処分しそびれた廃棄物です」

「廃棄物？　どのような？」

「ほかの美術館から回ってきた宣伝用のパネルです」

毎年、国内の美術館や博物館から、膨大な数の宣伝用のチラシやパンフレット、年間予定表が届く。館内に置くのも、処分するのも、なかなか手間暇がかかった。

「どこの美術館の宣伝用のパネルですか？」

確認させてほしい、と寿明は無意識のうちに手を伸ばした。大河原を疑っているわけではないが、どうにもこうにも胸騒ぎがするのだ。真面目なスタッフが利用された盗難事件は枚挙に暇がない。

「館長、今夜は実家じゃなかったんですか？」

大河原は寿明の要望に応じず、やけに真面目な顔で尋ねてきた。

「実家からの呼びだしの用件は見合いに決まっている。そんな恐ろしい……って、そんな話ではありません」

まさか。

まさか、そんなはずはない。

絶対に違うと思うけれど、そんな大きな宣伝用のパネルはなかったはず、と寿明はさりげなく距離を縮めた。

どんなに楽観的に考えても、大河原の背後にあるものは、企画展の中心作品であるルーベンスの名画のサイズだ。貸し出し側の運搬付添人であるクーリエが神経を研ぎ澄まし、まるで己の命をすり減らすような勢いで見守っていた。

「結婚する気がないんですか？」

「……そ、そんなことより……後ろにあるものを見せなさい」

ルーベンスは、そういった芸術に疎かった寿明でさえ知っていた、バロック時代を代表する天才画家だ。諸外国から作画依頼が殺到し、工房体制によって多作だったが、現代でも所蔵先はヨーロッパが多い。弟子の手が入っていないルーベンスの名画の公開は日本では珍しかった。今回、寿明が祖父の縁で所蔵者のボドリヤール伯爵と交渉し、やっとのことで貸し出された『花畑の聖母』は若き日のルーベンスだけで仕上げた作品であり、日本初公開だから注目されていた。

「可愛いな」

一瞬、大河原が何を言ったのかわからず、寿明は怪訝な顔で聞き返した。

「……え？」

「勃った」

「……は？」

「こんな時に勃たせるなよ」

大河原の唇が近づいたと思った瞬間、生温かい感触。

これはなんだ？

口と口がくっついている？

キス？

キスだ、と寿明の視界が真っ白になった瞬間、後頭部に凄まじい衝撃を食らった。ビリリッ、と。

寿明は立っていられず、その場に崩れ落ちる。

「童貞だってことは調べるまでもないけど、これがファーストキスなのか？　テストで満点を取るしかできない馬鹿は久しぶりだぜ」

寿明の知る大河原という真面目な警備員ではない。寿明の知らない大河原という警備員がいた。

「初体験もさせてやりたいが時間がないんだ。またな、可愛い兎ちゃん」

薄れていく意識の中、傲岸不遜な男がせせら笑っていた。

誰かが呼んでいる。

あれは熱心に勉強を教えてくれた家庭教師だ。

『寿明くん、寿明くん、十二ページを開いてね。今日は二十ページまで進まないと終わらないよ』

物心ついた時、寿明には早くも名門大学生の家庭教師がついていた。祖父や父の母校に進学するため、寿明は遊びらしい遊びをいっさいせず、母親に言われるがまま詰め込み式の勉強に励んだ。祖父や父の母校である名門校に晴れて入学しても、寿明の勉強一色の日々は終わらなかった。

『寿明くんには満点以外、許されないからね』

『お母さんにも言われた』

『そうだよ。寿明くんはいつも満点だ。寿明くんの偏差値はほかのみんなが決めるんだよ』

首席で当然という勉学漬けの日々、唯一の息抜きが祖父や父、緒形家の男たちが通ったという高徳護国流の剣道の道場だ。道場仲間は名門校生とは違って、勉強より運動が得意な少年が多かった。子供らしい話題も多かった。

『親戚のお姉ちゃんが子供の頃に観て大好きだったたっていうアニメのＤＶＤを僕も観たんだ。みんなも観に来いよ。悲しいからひとりで観るのいやだ。ネロがどうしてルーベンスの絵を観たがるのかわからない』

みんな、の中には寿明も入っていた。直人という剣道仲間はやんちゃ坊主だが弱い者いじめはせず、活発で誰からも好かれていた。人の輪に上手く入れない寿明にも、明るく接してくれたのだ。

『寿明も来いよ。寿明は賢いからネロがルーベンスの絵を観たがった理由がわかるのかな。俺はルーベンスの絵よりパンだと思ったんだ』

寿明は友人の家に行きたかったが行けない。今日も家庭教師が待っているのだ。それに道場の前では住み込みの家政婦が待ち構えている。

『……直人、ごめんなさい。せっかく誘ってくれたけど、僕は帰らなきゃ駄目なんだ……ごめんなさい……』

『……ああ、寿明はお勉強の日か?』

直人は思いだしたように声を張り上げた。道場内で家庭教師について勉強しているのは寿明しかいない。

『……うん』

『わかった。またな。また今度、一緒に観ようぜ』

『……うん』

寿明は泣く泣く家庭教師が待つ家に戻った。もっとも、その日の家庭教師の言葉はまったく耳に入らなかった。

ネロって誰だろう、ルーベンスの絵ってなんだろう、と寿明の頭の中は道場仲間の言葉で占められていたのだ。

それからしばらくの間、道場仲間の間では『フランダースの犬』というアニメの話で持ちきりだった。キーワードは「ルーベンスの絵」だ。「ルーベンスの絵よりメシ」だの「ルーベンスの絵より金」だの、腕自慢の少年たちは言い合っていた。自然と寿明も剣道仲間が夢中になったアニメに詳しくなったのだ。

長じて、母や祖母に同行させられたヨーロッパ旅行で、ネロが祈りを捧げていたアントワープ大聖堂の『聖母被昇天』を観た瞬間、目が潤んだ。ネロが観たがっていた祭壇画の『キリスト昇架』と『キリスト降架』を目にした時、全身に稲妻が走った。

自分でも理由は定かではないが、ピーテル・パウル・ルーベンスというフランドルの巨匠は特別だった。何せ、その類い稀な才能が発揮されたのは芸術分野だけではない。歴史や文化に精通した人文主義学者であり、ラテン語やフランス語などの七ヵ国語を巧みに操り、有能な外交官であったという多様性にも魅了されたのかもしれない。各国の利害と宗教が複雑に絡み合う混沌とした時代に、スペインと英国に和平をもたらし、スペイン王フェリペ四世とイングランド王チャールズ一世から爵位を授けられた。「王の画家にして画家の王」と呼ばれていた所以だ。

僕も最期に観る絵はネロと同じルーベンス、と寿明は深い霧に包まれた中でぼんやりと思った。

「……館長……館長……」

誰かが呼んでいる。

家庭教師でもなければ母親でもない。住み込みの家政婦でもないし、多忙で滅多に顔を合わせない父親でもなければ兄でもない。ネチネチと嫌みっぽかった元上司でもないし、自分のミスをすべて他人になすりつける元同僚でもない。裏表の激しい元後輩でもない。

「……館長、館長、館長、館長、館長、しっかりしてくださいっ」

館長とは誰だ。

僕は緒形寿明、文部科学省に勤めている役人だ。

……いや、館長とは僕だ、僕は明智松美術館の館長だ、と寿明が我に返った途端、視界が広がった。

「……あ？」

窓の向こう側から差し込む朝陽(あさひ)が眩(まぶ)しい。いったいどれくらい廊下で気を失っていたのだろう。

「館長？」

寿明の視界には警備責任者の広瀬幸司(ひろせこうじ)が迫っていた。背後には学芸員の宮原芙美(みやはらふみ)も心配そうに立ち尽くしている。

「……あ、広瀬さん？」

「……館長？　気づかれましたか？」

広瀬が安堵の息を漏らすと、傍らの宮原もほっとしたように胸を撫で下ろした。ふたりは明智松美術館にとってなくてはならないスタッフだ。

「……僕はどうしてこんなところに？」

寿明は自分の状況がまったく理解できなかった。頭の中では今でもルーベンスの傑作を見上げるけなげな少年がいる。

「館長、それはこっちが聞きたい」

「……え？」

寿明は広瀬の太い腕を借り、よろよろと上体を起こした。そういえば、と昨夜あったことを思いだす。

あれは夢だったのか。

夢の中で倒れた場所は企画展示室に続く廊下だった。

今、倒れていたのは、館長室の前の廊下だ。

おかしな夢を見たのか、と寿明は首の後ろに食らった凄絶(せいぜつ)な衝撃を思いだした。確認するように手で確かめる。

外傷はないが、違和感はあった。

何より、唇。

そっと唇に触れ、三十五歳にして予想だにしていなかったファーストキスを嚙(か)み締(し)めるように思いだす。

あれは夢ではない、と確信した。

「……いったいどうされたんですか？　館長に限って酔っぱらったわけじゃありませんよね？　救急車を呼びましょうか？」

広瀬が渋面で指摘したように、寿明はアルコールを飲まない。下戸というわけではないが、どうにも好きになれないのだ。

「無用です」

「館長、真っ青です。いつにもまして細い……ひょろひょろ……」

広瀬は元警察官であり、すこぶる体格がいい。寿明は剣道初段だが、柔道三段の元警察官とは比較できないぐらい小柄だった。

「……大河原くんは？」

寿明は霞む目を擦りつつ、周囲を見回した。記憶が確かならば、昨夜、大河原に会ったのは企画展示室に続く廊下だ。

「……大河原？　うちの大河原は非番……じゃなくて今日は休みです」

警備責任者の広瀬にとって、大河原は部下に当たる。寿明も広瀬が大河原に目をかけていたことは知っていた。

「……あ……あ……ルーベンスの『花畑の聖母』は？」

はっ、と寿明は思いだし、物凄い勢いで立ち上がった。よろけそうになり、広瀬の太い腕に支えられる。

「異常ありません」

広瀬にきょとんとした面持ちで言われ、寿明は筆で描いたような眉を顰めた。

「本当ですか？」

「はい。なんの異常もありません」

「……あれは夢だった？」

「……館長、お疲れですね。休んでください。早朝から深夜までっていうか、ずっと泊まり込みで仕事をしていたでしょう。過労です」

休んでくれ、頼むから休め、と広瀬は切々とした調子で続けた。背後の宮原も同意するように大きく頷く。

「これぐらいなんでもない。官僚時代のほうがひどかった」

昨今、あちこちで取り上げられているパワハラやブラックだの、官僚社会に比べたらなんてことはない。寿明は最初から二十五時に予定される会議が普通だと思っていた。

「ネロみたいに疲れ果てて、ルーベンスの前で過労死したらどうするんですか」

広瀬が真顔で往年の名作アニメを話題にする。美術館に勤務していながら芸術には疎く、子供の頃から本やテレビにも興味がなく、外で駆けずり回っていたというから意外だ。

「広瀬さんも『フランダースの犬』をご存じですか」

「嫁さんに無理やりつき合わされて観た。ネロとパトラッシュが可哀相だから好きじゃない。不吉にもルーベンスが展示されているから気をつけてください」

「不吉ってそんな言い方……」

「館長、朝メシはまだですね？　館長なら時間外でもウエルカムだって、カフェのお姉ちゃんが言っていたでしょう。なんか食ってきてください」

広瀬が心配してくれるが、寿明の意識は企画展に注がれた。鼓膜には真面目な大河原とは思えない傲岸不遜な声がこびりついている。

「……夢じゃないはず」

「館長、どこに行くんですか？」

「夢じゃない。絶対に夢じゃない。広瀬さんもついてきてください」

そんなはずはない、と寿明は企画展示室にひた走った。そうして、若い警備員たちに守られているルーベンスの名画を確認した。

「……あ……ある？」

よかった。

あった。

杞憂だった、と寿明は慈愛に満ちた微笑を浮かべる聖母マリアの前で息を吐く。

企画展となれば数年前からほかの美術館と重ならないテーマを決め、所蔵先と交渉し、実際の展示までに時間がかかる。

寿明は館長に就任した時、すぐに祖父の縁を頼り、フランスのボドリヤール伯爵に頼み込み、ボドリヤール・コレクションの中で家宝とも言うべき門外不出の『花畑の聖母』を貸し出してもらった。異例の早さで企画展が決定し、準備を進めたが、盗まれたなど、決してあってはならないことだ。一歩間違えれば、外交問題にも発展しかねない。今回は伯爵側の好意でルーベンスの弟子たちの絵画も多く貸し出され、日本初の『ボドリヤール・コレクション』という企画展を開催することができた。大々的に宣伝を打ち、メディアの取材もあり、明智松美術館にしては異例の入場者数を記録し、称賛を浴びていたのだ。何より、入場者の歓喜に満ちた顔が嬉しかった。

「館長、おかしいですよ。どうされました?」

「昨夜、大河原くんがルーベンスの絵を持ちだした」

寿明が掠れた声で言うと、広瀬は豆鉄砲を食らった鳩のような顔をした。

「……は?　寝ぼけていたんですか?」

「酔ってもいなかったし、寝ぼけてもいなかった。昨夜、大河原くんは確かに絵を持っていた」

「あのクソ真面目な大河原に限ってそんなことは絶対にない」

広瀬が自信たっぷりに断言すると、同意するように若い警備員たちが相槌を打った。学芸員の宮原も無言で頷く。

寿明にしても今まで生真面目な大河原の勤務態度には感心していた。それ故、未だに信じられない。

だが、昨夜の出来事は夢ではない。

唇には今でも鮮明に大河原の口づけの感覚が残っている。

……あれ、どこがどうとは言えないけれどおかしい、と寿明は展示しているルーベンスの『花畑の聖母』に違和感を抱いた。

……いや、そんなはずはない。目の前にある絵画は本物だ。美術史に名を残した画家の王によって、魂を吹き込まれた聖母マリアの微笑は、観るだけで癒やされる。初めてボドリヤール伯爵家のコレクション・ルームで観た時の感動を思いだす。

……けれども、本物と思うけれど、絶対と言い切れない、心が震えない、ドキドキしない、見慣れたからドキドキしないわけじゃない、昨日までは見慣れた絵でもドキドキした、と寿明はぐるぐる回りだした思考回路を自制心で正常に引き戻した。

迷っている暇はない、迷うなら納得するまで調べる、ありとあらゆる手段を使って調べさせる、と決断を下す。

「早急に根津教授に連絡を入れ『花畑の聖母』を調べてもらってください」

寿明が毅然とした態度で、広瀬の背後に立っていた学芸員の宮原に指示した。彼女は今回の企画展の担当者だ。寿明が今回の企画をボドリヤール伯爵とまとめた時、宮原は誰よりも興奮し、涙ながらに喜んだから担当に指名した。

「館長、ここはお役所とは違います。失礼ですが、館長はもう文科省のキャリアではありませんから……」

宮原の言葉を遮るように、寿明はきつい声で言い放った。

「贋作とすり替えられた可能性を否定できません」

「……え？　贋作？　……まさか？」

「贋作の可能性を否定できない自分が苦しい」

「……私は何も感じません。額縁の傷も同じところにあります……ほら、ボドリヤール伯爵が子供の時に悪戯してできてしまったという傷です」

宮原だけでなく広瀬やほかの警備員たちも一様に驚き、企画展示室がざわめく。寿明の言葉が信じられないらしい。

「僕は毎日毎日ずっと穴が空くぐらい見つめてきました。専門家ではないから確かなことは言えませんが、昨日の名画とはどこか何かが違う……何か、何かの、なんだかわからない違和感が拭えない」

展示されているほかの弟子たちの作品に違和感はない。ただただボドリヤール・コレクションの軸である作品に対する違和感が大きい。

「……そ、そんな馬鹿な話が……防犯カメラには何も映っていない……」

広瀬が首を振りながら否定したが、寿明の疑念は晴れなかった。

「防犯カメラに細工されたのかもしれません。大河原くんならば可能です」

「館長、不可能です。常に誰か、最低でも二人体制でチェックしています」

「とりあえず、悠長なことは言っていられません。大至急、根津教授に連絡を入れてください」

果たせるかな、寿明のいやな予感は的中した。

企画展示室に展示されていたルーベンスの『花畑の聖母』は精巧な贋作だった。警備員の大河原の行方とともに、名画は忽然と消えてしまった。

寿明の前に無明の闇が広がる。

断頭台で首を切り落とされたような心境だ。正直に言えば、断頭台で首を切り落としてほしかった。

今すぐ、断頭台の露と消えたい。

2

どうして、僕の心臓は止まらなかったのだろう。

何故、僕はのうのうと生きているのだろう。

悪い夢を見ているような気分だが、これは紛れもなく現実だ。

僕は取り返しのつかないミスをした、と寿明は心の中で自責の念を込めて呟いた。死んで詫びたい気分だ。……いや、もう死んでしまいたい。消えてしまいたい。恥ずかしくて生きていたくない。

「……正道くん、ルーベンスの名作を盗まれたのは僕の責任だ」

寿明が沈痛な面持ちで頭を抱えると、警察のキャリアである二階堂正道が淡々とした調子で言った。

「寿明さん、命で償おうとするのは控えたまえ」

正道の凍てついた氷のような美貌は常と変わらず、血の通っていない人形のようだ。警察のキャリアとして陽の当たる道を悠々と進み、警視総監最有力候補として将来を嘱望されている。今も昔も変わらず、正道に対する称賛は自然な流れで寿明の耳に届いた。

「どうやって責任を取ればいい？」

寿明は勉学一筋に励んだ結果、最難関の国家試験に合格し、文部科学省のキャリアではあったが、出世コースから外れ、出向先の明智松（あけちしょう）美術館で館長になった。未知の世界に飛び込み、さんざん困惑したが、美術館の館長というポストはやりがいがあったし、楽しかったのだ。それなのに、まさかこんな屈辱にまみれるとは。

「自死はなんの償いにもならない」

「……僕がボドリヤール伯爵に頼み込んで、祖父の縁で伯爵は門外不出の家宝を貸し出してくれたのに……僕のせいだ……」

館長に就任して、初めて自分がテーマを決めた企画展だった。フランスの名門貴族が所有しているルーベンスの名画を借り、展示し、来館者数が著しく増え、大成功で終わると思った矢先、予想だにしていなかった事件が起きた。

……否、予期していなければならなかった事件なのだ。企画展の大目玉であるルーベンスの名作が狙（ねら）われる、と。

「そんなに思い詰めるのはやめたまえ。その警備員を採用したのは前任者であり、寿明さんではありません」

寿明は館長として担当者とともに、万全の二十四時間体制のセキュリティシステムを敷いたが、警備員の犯罪には対処していなかった。身元の確かな警備員ばかりだと聞いていたから疑っていなかった。

あの時、大河原に手も足も出なかった自分が情けなくてたまらない。あまつさえ、唇まで奪われてしまった。

もっとも、キスに関し、警察には何も告げてはいない。ただ最後に大河原を見た者として、寿明は冷静に明かした。

「僕は館長として大河原くんを警備につかせることを許可した」

明智松美術館の警備員には、責任者の広瀬を筆頭に元警察官が多い。大河原は元警察官ではなかったが、亡くなった父親や祖父は警察ＯＢだった。高校卒業後、二年前から勤めだし、真面目な勤務態度で評判はよかったのだ。信じられない、と広瀬や同僚たちは今でも口を揃えて言っている。当然、大河原は指名手配中だ。

「……では、話を戻します。寿明さんは自死するつもりで、私に声をかけたのですか？」

寿明と正道は長い歴史を誇る高徳護国流の剣道を習った。寿明は東京にある高徳護国流の道場に通ったが、正道は日光にある高徳護国流本家の道場で勇名を轟かせた。歳はだいぶ違うし、実力も違った。年に数回、寿明が日光の宗家に行ったり、正道が東京の道場に来たり、机上の学習の指導者が同じだったりしたがさして仲がよかったわけではない。ただ、子供の頃から女子に間違えられた寿明と正道には、その中性的な容姿という共通点があった。ふたりとも揶揄される容姿に辟易していたものだ。それ故、今回、寿明は縋るような気持ちで、エリートコースを驀進している後輩を頼った。

「そうだと言ったら？」

「自死するならばひとりでしたまえ」

正道の年上を年上とも思わない態度は、遠い日となんら変わらない。怜悧な美貌とは裏腹に苛烈な剣士だった。鬼神と称えられた高徳護国流の次男坊とともに、流派の最盛期を支えたのだ。寿明にとって自慢の後輩である。

「正道くんならそう言うと思った」

正道は全国大会でもいっさい動じず、芸術のように綺麗な勝利を収めた。剣道仲間に誘われ、試合を観戦した時の興奮は今でも覚えている。

「私を呼びだした理由をお聞きする」

冷静沈着な優等生には、先輩の後悔も愚痴も聞く気はないようだ。感心するぐらい昔から変わっていない。それでも、理由をつけて逃げたりせず、こうやって警視庁の一室で会ってくれた。

忙しいのにありがとう、と寿明は心の中で自慢の後輩に礼を言う。

「……では、正直に教えてほしい」

「はい」

「これは怪盗ルパンか石川五右衛門の仕業か？」

寿明はどこまでも真剣だったが、正道の氷のような美貌がさらに凍てついた。

「話が飛びすぎです」

「……ん、そのさ、僕や美術館のスタッフも狐につままれたような気分だった。警報ベルも鳴らないし、死傷者も出ていないし、防犯カメラには何も映っていないし、セキュリティシステムを操作された痕跡もないし、ハッキングされた気配もないし、僕以外に目撃者もいないし、見事な手口だったんだ。なんの手がかりもない。贋作っていっても、現代画家の贋作じゃなくて、当時の弟子が勉強のために模写した絵じゃないかっていう話だし、そんな贋作自体、そうそう用意できないし……どこかの怪盗グループの仕業なのか？　大河原くんは怪盗グループの一員だったのか？」

　寿明はこめかみを揉みつつ、感情が迸るまま要領を得ない言葉をつらねた。

　文部科学省の在外研究員として国立の美術館からフランスの有名な美術館に派遣された大学時代の後輩により、世界的に有名な怪盗グループがいることは教えてもらった。日本の美術館の杜撰な警備体制が嘲笑の対象だともさんざん聞いた。寿明自身、性善説を前提にした明智松美術館の警備体制に困惑したものだ。何より、集客数が落ち続け、美術館の存続さえ危なくなっていた。

　国内に限らず、資金難による運営危機に陥っている美術館は珍しくない。美の殿堂に悲しくもおぞましい話が秘められていることが少なくなかった。

「寿明さん、担当刑事はどのように？」

「鋭意捜査中……なんて言うんだろう、警察にはやる気が見えない。最初から盗まれた絵画は戻らないし、犯人は捕まえられないと諦めているみたいだ」

担当の刑事は通り一遍の捜査しかせず、なんの熱意も感じられなかった。明智松美術館スタッフや警備員たちへの聞き込みも不十分だと言わざるを得ない。寿明自身、もっと根掘り葉掘り聴取されると覚悟していたから拍子抜けした。

「寿明さんの見解は？」

「どこかの大きな闇組織の仕業なのか？」

たぶん、大河原という警備員ひとりの犯行ではないだろう。あの夜、あの時、後頭部に感じた衝撃は第三者によるスタンガンではなかったのか。見事な手口だったから、巨大な闇組織が絡んでいるのかもしれない。だからこそ、警察は逮捕を断念しているのかもしれない。寿明にはそんな懸念が過った。美術館付近に設置されている防犯カメラにも異常は見られなかったという。あまりにも手がかりがないから、そうとしか思えなかったのだ。

「私がその情報を摑んでいると思っているのですか？」

話が早い、すぐにわかってくれた、と寿明は長い睫毛に縁取られた綺麗な目をゆらゆらと揺らした。

「僕の耳には届かなくても、警視総監候補の耳になら届いているかもしれない。何か知っているなら教えてほしい」

社会事業の一環として、二階堂家は相良(さがら)グループの援助を受けて、丸の内に美術館を開館させるという。館長を筆頭に優秀なスタッフを揃え、展示品の収集に莫大(ばくだい)な資金を注(つ)ぎ込んでいると聞いた。

「買い被(かぶ)りです」

「どんな手がかりでもいい」

寿明が身を乗りだすと、正道のメスで整えたような目が細められた。

「寿明さん、責任を取って退職しようとされましたね」

「……ああ、責任を取って退職しようとしたけれど引き留められた。父母や祖父にも反対されて、あちこちに手を回されたんだ」

経産省の高級官僚の父親や代議士の祖父のコネにより、館長である寿明の責任は問われない。絵画の所有者であるボドリヤール伯爵にも退職は求められなかった。要望は家宝を取り戻すことのみ。

「退職は賢明な責任の取り方ではありません」

「僕が退職したら警備責任者もいづらくなるだろうし……警備責任者にはまだ小さなお子さんがいるし、ローンを組んだばかりだから退職できないらしい。僕が庇(かば)わないと、責任を取らされる」

寿明が退職すれば、広瀬が解雇されかねない。今でも警備責任者の責任が取(と)り沙汰(ざた)され、苦しい立場に追いやられていた。言うまでもなく、寿明が必死になって広瀬を庇っている。

「ご自分で盗まれた絵画を取り戻すつもりですか？」

「協力してほしい」

寿明は革張りのソファから立ち上がり、背筋を伸ばしてから頭を下げた。もっとも、正道は手で制す。

「寿明さん、お座りください」

「正道くん、頼む。手を貸してくれ」

「寿明さん本人も推測した通り、ただの窃盗犯である可能性は低い。追えば、命に関わるでしょう」

危険です、と怖いもの知らずの剣士は言外に匂わせている。おそらく、何か知っているはずだ。

「正道くんに危険が及ばないように注意する。情報だけ教えてくれたら、あとは僕がなんとかする。僕ひとりで頑張るから」

寿明には寿明なりのプライドがある。ルーベンスの名画を取り戻すためならどんな手でも使うつもりだ。

「寿明さんひとりで闇組織に立ち向かえると思っているのですか？」

「これで命を落としてもいい。このまま何もせず、生きているほうが辛い」

寿明にしても正道と同じように、高徳護国流の指導を受けた剣士のひとりだ。剣士としての誇りも持ち合わせている。

「顔に似合わず強情だと、宗主や師範代たちが呆れていた理由がよくわかります」

「それ、正道くんだけには言われたくない」

心外だとばかりに、寿明は白い頰を上気させた。正道の頑固っぷりに比べたら、自分は可愛いという自負がある。

「相変わらず、ご自身をわかっていない」

正道はどんなに鍛えても筋肉はつかなかったが、身長はそれなりにあった。寿明は身長も低かったから悲惨だった。三十五歳の今でも女性と間違えられ、情けなくて落ち込んでいる。

「人形みたいな最強の剣士、そっくりそのまま返す」

「花のような先輩、人形という形容も最強という形容も拒否します」

バチバチバチッ、と寿明と正道の間で妙な火花が散る。ただ、こんな問題で睨み合っている暇はない。

「……ま、どうでもいい。こんなことはどうでもいいんだ。なんでもいいから、知っていることを教えてほしい」

寿明が強引に話題を戻すと、正道は伏し目がちに言った。

「専門外です」

「専門外でも何か知っているはずだ」

「明智松美術館の警備員には元警察官が多い。行方不明になった大河原という警備員を洗うべきではないですか?」

明智松美術館に提出された履歴書が正しければ、大河原は警察官とエステティシャンの長男として埼玉県浦和市で生まれた。中学校を卒業した時に両親が離婚し、大河原は母親に引き取られ、高校に入学している。その母親は高校を卒業して一月後、交通事故で亡くなってしまったようだ。保証人の欄には実父の名が記載されていた。ざっと見る限り、履歴書におかしなところはないが、実父は三ヵ月前に事故死していた。ほかにこれといった血縁者はいない。

「警察が徹底的に洗ったそうだ。それで警察は何か危険なことに気づいて、やる気を失ったのか?」

どうしたって、寿明は刑事の態度が釈然としない。寿明に対する事情聴取もあってないようなものだった。

「世界各国で開催されている闇オークションの話は聞いた記憶があります。警察では手が出せない。盗品のルーベンスでしたら……」

モナコ、パリ、ロンドン、ウィーン、フィレンツェ、マドリード、アテネ、シンガポール、マカオ、香港と正道はテーブルにあったメモにペンを走らせた。さしあたって、名家出身の警察キャリアでも門前払いされる闇オークション会場だ。寿明自身、そういった情報は摑んでいたが、参加する手段を持っていなかった。

「ルーベンスの盗品が出品されやすい闇オークションで、顧客がＶＩＰ揃いだな？　今回もそれか？　もうすでに海外に流出したと考えるべきか？」

フランスの有名な美術館に籍を置いている後輩によれば、今のところオークションに出された気配はないとのことだった。けれど、断言はできないという。

「盗まれた夜からどれくらい経過しましたか？」

「七日、経った」

本来の予定ならば、昨日が企画展の最終日だった。寿明のポケットマネーで、ボドリヤール伯爵夫妻に感謝の温泉旅行をプレゼントする手筈になっていたのだ。歯痒いなんてものではない。

「寿明さんがこうやって動いているなら、ほとぼりが冷めるまで海外に運ぶ可能性は低いのではありませんか？」

正道の見解に対し、寿明は大きく頷いた。たとえ寿明個人の力は微々たるものでも、ことを穏便に進めようとする闇組織ならば時期を見るに違いない。

「そうだな。僕が派手に動き回ったら、おとなしく時期を待つかもしれない」

「ボドリヤール伯爵ですか？　ルーベンスの名画の所有者はどのように？」

「当然だけど、ボドリヤール伯爵夫人には思いきり罵られた。伯爵はショックで寝込んでしまった」

「もう一度、直接、関係者に当たってみる必要があると思います」

正道の表情はさして変わらないが、寿明自身による関係者の洗い直しを示唆しているような気がした。間違いなく、関係者に疑惑を抱いている。

「もしかして、誰か裏切り者がいる？」

金に異性に出世など、さまざまな理由で高潔な人物が裏切ることを知っている。官僚時代、寿明は幾度となく煮え湯を飲まされた。

「可能性は否定できません」

「そうだな。警察のキャリアとこうやって会った後に、再調査したら慌てるかもしれない。僕も信頼できる調査会社に依頼しているけれど、正道くんもどこか有能な調査会社を知っていたら教えてほしい」

有能な調査会社を知っているという確信があったが、案の定、正道は無表情のままペンを走らせた。新宿に事務所を構えている探偵は、高徳護国流剣士で警察ＯＢらしい。正道からも一言、連絡を入れてくれるという。

「寿明さん、くれぐれも危ないことはなさらずに」

「ありがとう」

「私にできることがあればいつでも力になります」

同じ流派のよしみか、氷の美貌の持ち主が最高の言葉をくれる。思わず、寿明の目がうるりと潤んだ。

「今の僕にとっては心強い言葉だ。家族や美術館のスタッフ、担当刑事から一刻も早く忘れるように宥(なだ)められたんだ」

誰ひとりとして、寿明の気持ちを理解してくれなかった。それどころか、腫(は)れ物(もの)に触るように扱われた。文部科学省の出世コースから外れた出向先で、事件に巻き込まれたから同情したらしい。

「皆様、寿明さんのためを思ったのでしょう」

「……で、窃盗犯は僕の手に負えない相手だと見当をつけたんだな？」

そんなに危険な相手なのか、と寿明は今さらながらに恐怖心が湧(わ)き起こる。だからといって、ここで諦めたりはしない。

「新宿の眞鍋(まなべ)組の二代目組長も訪ねたらよろしい。警察の手に負えない相手でも眞鍋組ならば対処できる」

正道は窃盗犯が巨大な組織だと肯定も否定もしない代わりに、対抗できる指定暴力団の名を口にした。

不夜城を支配する眞鍋組といえば、出奔した高徳護国流の次男坊が瞼に浮かぶ。寿明が知る最強の剣士だ。

「眞鍋組って義信くんがいる暴力団だな？」

誉れ高き高徳護国流の内部で何があったのか、寿明は詳しくは知らない。ただ次期当主と目されている長男と鬼神と称えられた次男により、高徳護国流が真っ二つに割れたことは気づいていた。長男や次男本人の意志に関係なく、周囲の長老や剣士たちが対立したのだ。結果、次男の義信は大学卒業とともに家出してしまった。高徳護国流当主も次男を探そうとはしなかった。そうこうしているうちに、不夜城に君臨する眞鍋組に義信によく似たヤクザがいるという噂が流れてきたのだ。

「はい。義信が自分を庇って亡くなった松本力也の代わりに生きています」

いったいどんな経緯があって、文武両道の次男坊が眞鍋組の金バッジをつけるようになったのだろう。何かの拍子にチラリと、仲のよかった力也という剣士の死に絡んでいると聞いたことがあった。

「その噂は本当だったのか？」

「やはり、ご存じでしたか」

義信は眞鍋では『松本力也』とも『リキ』とも名乗っている、と正道は抑揚のない声で続けた。周りの温度が確実に下がった。

「あの修行僧みたいに真面目な義信くんがヤクザなんて信じられなかったけど、力也くんが絡んでいたのならわかる」

高徳護国流宗主の次男と同じ歳の剣士には、正道と力也という双璧の強いふたりがいた。義信を中心に三人の仲の良さも知れ渡っていた。寿明は三人が羨ましくてたまらなかった記憶がある。何せ、寿明には親友と呼べる友人がひとりもいなかったから。

「はい」

「義信くんに正道くんに力也くん、三人は高徳護国流の黄金時代の立て役者だ。僕は君たちの活躍が誇らしかった……っと、思い出話はまた後で。その眞鍋組？」

「眞鍋組は仁義を切る極道と目されています。正当な理由があり、それ相応の資金を用意すれば、寿明さんの依頼を遂行してくれるかもしれません」

眞鍋組の義信を頼って金を積めばルーベンスの絵画を取り戻せる、と正道は言外に匂わせている。

「……あ、そういうことか」

寿明も今回、調査を依頼した調査会社からそういった話は提案された。けれど一昔前、派手な抗争でメディアを騒がせた暴力団だったから二の足を踏んだのだ。しかし、相手が義信ならば話は変わる。

「以前、眞鍋組は赤坂の画廊から盗まれた美術品を取り戻したと聞きました」

眞鍋組ならば裏で取り引きされる美術品にも精通しているかもしれない。最強の男ならやってくれるかもしれない。俄然、寿明は勢い込んだ。

「ありがとう」

「繰り返します。くれぐれも無茶はなさらずに」

「僕に何かあっても僕の責任だ。覚悟はしている」

退職届をしたためた時、腹は括っている。

今でも大河原の馬鹿にしたような声が、耳にこびりついて離れない。このまま何食わぬ顔で館長のポストに座り続けることも、父親や祖父のコネにより再就職しても、心穏やかに生きていく自信はない。負け犬にも負け犬のプライドがある。

どんな敵であれ、命がけで戦う。

寿明は生まれて初めて、静めようのない怒りを覚えた。


正道と別れた後、寿明は明智松美術館に戻った。すでに閉館時間だが、スタッフは残っている。予め、警視庁に行くと伝えていたから、事務室では学芸員の宮原とともに警備責任者の広瀬もいた。

「館長、お帰りなさい」

「宮原さん、ボドリヤール伯爵から何かありましたか？」

寿明が神妙な面持ちで尋ねると、宮原の優しい細面が瞬く間に強張る。全身から悲愴感が漂ってきた。

「伯爵夫人からいつもと同じ内容の電話がありました」

ボドリヤール伯爵夫人の要望は一貫している。すなわち、どのような手を使ってもいいから家宝を取り戻せ、だ。フランス語で捲し立てる往年のパリジェンヌに対応できるのは、フランス留学経験のある宮原だけだった。

「伯爵は寝込んだままですか？」

「とうとう伯爵は入院されたそうです」

「保険会社は？」

当然、ルーベンスの名画には高額の保険をかけていた。けれども、伯爵夫人の激昂ぶりに話し合いは難航している。

「伯爵夫人に参っているみたいです」

「そうですか」

「……その、館長のお母様からお電話がありました。館長がちっとも出てくれないから、美術館に電話をかけてきたそうです」

　宮原に意味深な目で報告され、寿明の白い頬が引(ひ)き攣(つ)った。母親の度を越した干渉には気が滅(めい)入る。

「迷惑をかけました」

「……いえ……あの、お母様に連絡を入れてください。とても心配されています」

　宮原は母親に同情しているようだが、そばで聞き耳を立てている広瀬は苦笑を漏らしていた。同じ男だけに、寿明の気持ちがわかるのだろう。

「そんなことより、宮原さんに改めて聞きたい。君は警備員の大河原くんをどう思う？」

　寿明が真顔で尋ねた途端、宮原は悲鳴に似た声を上げた。

「……えぇっ？」

　宮原の下肢がぶるぶる震えているが、寿明は気にせずに言葉を重ねた。

「実は今日、警察のキャリアと会って、今回の一件についていろいろと相談してきました」

「……は、はい？」

「君はここに勤めて十年目、僕よりずっと館内について知っている。大河原くんの新人時代も知っているはずです」

　宮原は名門大学を卒業し、フランスに留学してから、学芸員として明智松美術館に採用された。無能の限りを尽くした前館長のフォローを完璧（かんぺき）にこなし、スタッフの信頼もすこぶる厚い。

「……今時、珍しいぐらい真面目な好青年でした」

宮原はほかのスタッフと同じ大河原評を口にした。ほかの学芸員たちにしろ、美術館に併設されているカフェのスタッフにしろ、レストランのスタッフにしろ、ミュージアムショップのスタッフにしろ、口を揃えたのだ。「今時、珍しいぐらい真面目な好青年」と。

「君より十歳近く年下になるのかな？」

履歴書が確かならば、大河原は二十歳になったばかりだ。高校の就職枠により、明智松美術館に就職した。

「十四歳年下でした」

「十四歳？」

「私、三十四歳です」

宮原は知的な美女で、三十歳を超しているようには見えない。肩まで伸ばされた艶（つや）のあるストレートの髪の毛が特に綺麗だ。

「……あ、大河原くんより僕のほうが君に歳が近いのか」

「館長は三十を超しているように見えません」

宮原が感服したように言うと、広瀬はコーヒーカップを持ちながらコクコクと相槌（あいづち）を打った。ほかのスタッフも賛同するように頷く。どこからどう見ても学生、とポロリと零したのは広報担当者だ。

「よく言われるけれど、この童顔で苦労しました」

子供の頃から母親譲りの外見でさんざんいやな目に遭った。官僚という道に進んでからはさらにひどかった。

「お若く見えるから羨ましいです」

「年相応の外見がいい」

「女がどれだけアンチエイジングに苦労しているか知らないんですか?」

宮原の全身からなんとも形容しがたい悲哀が発散され、寿明は瞬きを繰り返しながら聞いた。

「まさか、宮原さんも?」

「はい、私も苦労しています」

「そのような苦労をする必要はないと思います。充分、お綺麗ですから」

「若い学芸員を雇いたいから退職しろ、って迫った前の館長と違いますね」

宮原はどこか遠い目で前任者の言葉の暴力を吐露した。そういった類いのいやがらせは、ほかのベテランスタッフからも聞いた記憶がある。もちろん、寿明にとって前任者は唾棄すべき対象だ。

「前の館長に言われたことは忘れてください。神経を疑う」

寿明が感情を込めて言うと、宮原の目がうるりと潤んだ。

「……館長、責任を取って退職するのは絶対にやめてくださいね。スタッフ全員のお願いです」

宮原がその場で頭を下げると、ほかのスタッフもいっせいに腰を折る。それぞれ、寿明を案じているのだろう。

「ありがとう」

官僚時代にはこんな思いやりに包まれなかった、と寿明は心の中で呟いた。それ故、なおさらルーベンスの名画を取り戻したい。盗難は明智松美術館の不手際、つまりスタッフの不手際だと見なされないように。

「館長、オフクロさんの電話の用件って見合いですよね？」

スッ、と広瀬からコーヒーが注がれたカップを手渡される。寿明は端整な顔を歪めながらカップを受け取った。

「そうです」

「見合い相手がいやなんですか？」

「結婚相手は自分で選びたい」

習い事も進学も就職も、兄と同じように今まで母親に逆らったことは一度もなかった。

母親自身、長男も次男も逆らうとは思っていないだろう。寿明も、母親に刃向かって勝つ自信はなかった。

「……じゃ、宮原さんはどうですか？　歳も近いし、お似合いですよ？」

広瀬に耳元にそっと囁かれ、寿明は驚愕でコーヒーを零しそうになった。慌ててカップを持ち直す。

「僕が宮原さんを口説いたらセクハラで訴えられます。パワハラになるのかな？」

どこまでセクハラでどこまでパワハラになるか、寿明自身、明確にはわからないが、前の職場では理不尽な上司に悔し涙を流した。

「館長ならセクハラだのパワハラだの騒がないから口説いてやれよ。蓼科のいい家のお嬢さんだから、ここの奴らには高嶺の花で手が出せないんだ」

宮原が蓼科の旧家の令嬢であることは寿明も知っていた。

「考えておきます」

「宮原さんは優しい美人だから、きっとオフクロさんも気に入ると思うよ」

「……それで、大河原くんの寮を調べさせていただきます。大河原くんと一番仲がよかったスタッフを教えてください」

寿明が強引に話題を変えると、広瀬は腰を抜かさんばかりに驚いた。

「今から？」

「はい」

「大河原と一番仲がよかったのは……同じ高校出身の小田だけど、祖母さんの見舞いで今夜は帰ってこないはずだ。もう遅いし、明日にしてください」

広瀬の口から飛びだした小田という警備員には、寿明も覚えがある。何度か、大河原と一緒にいるところを見かけた。

「……では、明日、お願いします」

「それよりもっと大事なこと、宮原さんとのこと、真剣に考えてやってくれ」

広瀬に食い入るような目で迫られ、寿明は腰が引けたが拒んだりはしない。曖昧な笑みでサラリと流した。

「覚えておきます」

「これからデートにでも誘ってやってください」

「何故、そんなに急かすのですか？」

寿明が怪訝な目で尋ねると、広瀬は悲しそうにポツリと言った。

「館長が責任を取って自殺しそうな勢いだから」

頼むから死なないでくれ、と広瀬は泣きそうな顔で続けた。本来、責任を取らされるのは俺だ、という気持ちが伝わってくる。

「自殺は逃げる手段です。そんな卑怯な真似はしません」

「それと宮原さんもずっとひとりで寂しそうだから」

「警備員の誰か、宮原さんに似合いそうな人はいませんか？」

　寿明の脳裏には明智松美術館に提出された警備員たちの履歴書がすべてインプットされている。広瀬の部下には屈強な独身男性が何人もいたはずだ。大河原にしろ、小田にしろ、独身だった。

「だから、宮原さんはインテリでいいところのお嬢さんなんだ。うちの若い奴らじゃ相手にならない」

「関係ないと思います」

「それが関係あるんだよ」

「とりあえず、明日、よろしくお願いします」

　寿明と広瀬が明日について話し合っていると、ボドリヤール伯爵の代理人から連絡が入り、対応に追われた。

　どんなに罵られても反論できない。

　寿明は自分が不甲斐なくて苦しかった。

3

その夜、寿明（としあき）は自宅に戻らず、館長室の奥の部屋に泊まり込んだ。広瀬（ひろせ）やほかの警備員に宿泊すると告げてはいない。

何か動くかもしれない、と寿明は深夜の館内を映したモニター画面を眺める。夕方、あちこちに隠しカメラや盗聴器を仕掛けていたのだ。

予定通り、警備員の巡回は行われた。おかしなところは微塵（みじん）もない。侵入者もない。

二人組の若い警備員が常設展示室に続く廊下を静かに進む。どちらも細心の注意を払っているように見えた。

『……おい、本当に大河原（おおがわら）がルーベンスの絵をすり替えたと思うか？』

背の高い警備員が小声で尋ねると、メガネをかけた警備員が答えた。

『小田（おだ）が全財産を賭（か）けてもいいって言っていたけど、あのクソ真面目（まじめ）な奴（やつ）がそんなことをするわけないだろ』

『じゃあ、なんで大河原はいなくなったんだ？』

『ひょっとしたら、大河原は殺されたのかもしれないな』

メガネをかけた警備員の推測に驚いたのは寿明だけではない。背の高い警備員は非常灯う？』

『結局、ルーベンスの絵が贋作だの、大河原が持ちだしただの、言っているのは館長だろう？』

館長がぎゃあぎゃあ騒がなきゃ事件にはならなかった、と独り言のようにボソボソと続けた。

『……確かに、言われてみれば館長だ』

『館長が仕組んだとは考えられないか？』

やっぱり僕が疑われているのか、と寿明はモニター画面に映る若い警備員たちの会話で確信を持った。そんな予感はあったのだ。警察にも疑われているのかもしれない。それ故、経済産業省の父や代議士の祖父、外務省の親戚などを慮り、警察は血眼になって捜査しないのか。

『それこそ、なんで、館長が自分の首を絞めるようなことをするんだ？』

至極当然の疑問に対し、それらしい推理が返った。

『ボドリヤール伯爵と共謀して保険金詐欺とか？　館長単独で贋作とすり替えて闇オークションに出したとか？』

『それに気づいた大河原が始末されたって？』

『……え？　殺された？』

を蹴り飛ばしそうになった。

『……ああ、あの石頭が盗むはずがない。だったら、嘘をついているのは館長になるぜ』

大河原という生真面目な同僚への信頼を軸に考えれば、館長である寿明が犯人になるらしい。

僕以外に誰か心当たりはないのか、君たちなら誰か思い当たる人物がいるんじゃないか、と寿明は祈るような気持ちでモニター画面の二人組を凝視した。

『前の傲慢なオヤジと違っていい館長だぜ。俺たちにもすんげぇ優しい。清掃のおばちゃんや出入りの業者のおっさんも感動していた』

『物腰は柔らかいけど、腹の中では何を考えているのかわからないさ。第一、館長の父親や親戚が偉い奴だから警察も手が出せないって聞いた』

『……あ、それは俺も聞いた。館長の親父さんや祖父さんが大物だから少々のことでは捕まらないって……』

ボカッボカッ。

広瀬が海坊主のように背後から現れ、順番に若い警備員たちを殴った。

『お前ら勤務中にな～にくだらねぇことを喋っているんだっ』

広瀬の鉄拳制裁に対し、背の高い警備員は涙目で言い返した。

『……広瀬さん……俺は大河原が犯人だとは思えねぇっス』

『俺も大河原だとは思えない』

広瀬が荒い鼻息で同意すると、若い警備員たちは同時に同じ言葉を言い放った。

『じゃあ、なんで？』

『俺は犯人が大河原だとは思えないし、館長だとも思えない。今の館長は世間知らずのボンボンエリートだが、真面目で公平で優しいし、無条件で可愛い』

『……そういや、館長はチワワみたいっスね。チワワみたいに可愛いっス』

『チワワ？　俺は白い子猫だと思った。子猫みたいに可愛い』

『俺は兎だと思った』

いつしか、広瀬を中心に若い警備員たちは童顔の館長を小動物に喩えることに夢中になった。寿明が頭を抱えたのは言うまでもない。

なんにせよ、異常は見られなかった。不審者もおらず、目新しい情報も得られなかった。けれど、広瀬の言葉に胸が熱くなった。

年下の館長なんて面白くないだろうに、と寿明は無骨な警備責任者を思う。そうして、同僚から全幅の信頼を置かれた大河原に複雑な思いを抱いた。

天気予報を裏切るかのような清々しい朝、寿明は何食わぬ顔でボサボサ頭の広瀬に挨拶をした。

「広瀬さん、おはようございます。いい天気ですね」

「館長、おはようございます。今日は宮原さんをデートに誘ってあげてください。視察を兼ねて、今から上野の美術館に行ったらどうですか？　ほら、上野動物園のパンダにも寄ってきてください」

広瀬の第一声を寿明は満面の笑みで流した。

「昨日、お願いしていた件、忘れましたか？」

「あ〜っ、大河原の部屋を調べたいんですね？」

「はい」

「警察が調べましたけどね」

お〜い、小田〜っ、と広瀬が手招きをすると、高く積まれた段ボールの向こう側から若い大男がのっそりと近づいてきた。警備員の小田だ。

「小田、館長に大河原のことを話してやってくれ」

広瀬が逞しい肩を叩くと、小田は帽子を取りながら快活な口調で答えた。

「館長、警察にも話した通りっス。俺も大河原も同じ高校を卒業して、ふたり揃ってここに就職しました。あいつは飲みに行くタイプじゃなかったし、仕事以外で交流はなかったっス」

俺とあいつが話すようになったのは高校の時に名簿の順番で席が前になったから、と小田は大河原との交流のきっかけをだらだらと続けた。警備している時と違って、どこか軽薄なムードが漂っている。こちらが素顔なのだろうか。

「小田くん、大河原くんに交際している女性はいましたか？」

寿明が柔和な声音で聞くと、小田は首をぶんぶん振った。

「女もいないし、友達もいねぇ。カチカチの石頭っていうか、人付き合いが悪かったんだ」

館内スタッフにしろ、ほかの美術館スタッフにしろ、出入り業者にしろ、付近の定食屋やパスタ専門店のスタッフにしろ、コンビニのスタッフやベーカリーのスタッフにしろ、大河原を悪く言う者はひとりもいなかった。判で捺したように「今時、珍しいぐらい真面目な好青年」と口を揃えたのだ。人付き合いが悪いタイプだとは思えず、寿明は胡乱な目で聞き直した。

「……君、小田くん、僕は大河原くんを爽やかで真面目な好青年だと思いました。人付き合いが悪いとは思えなかったのですが？」

「……ああ、あいつ、高校時代は爽やかボーイで売っていたけど、就職して三ヵ月ぐらいでフラれてからおかしくなったみたいっス。仕事では爽やか仮面を被っていたけど、忘年会にも新年会にも歓送迎会にも参加しねぇし……」

小田が同意を求めるように視線を流すと、周りにいた同年代の若い警備員たちは相槌を打った。

「……そうそう、大河原は俺たちとは挨拶ぐらいだった。タダ酒もタダ飯も断りやがって、引きこもってゲームだよな」

「……ほら、琴晶飯店のダイアナにフラれたのがショックだったんだよ」

「琴晶飯店のダイアナなんて無理に決まっている。彼女が琴晶飯店の女主人だ。パトロンがいるだろ」

どうやら、大河原が仕事で見せる顔と仕事外で見せる顔は違ったらしい。中華料理店の女店主に入れ込んだ挙げ句、派手に失恋し、人格まで変わってしまったという。寿明は知らなかった一面に驚いた。

「大河原くんは寮で暮らしていましたね？」

明智松美術館の警備員には夜勤があるから、それなりに待遇はいい。ワンルームマンションを寮として提供していた。

「はい、俺と同じように美術館が借りているワンルームに住んでいたっス」

「見せていただけますか？」

「刑事さんがもう調べたぜ。第一、あいつの部屋には何もない。休みの日には引きこもって何をしているのかと思えば、朝から晩までゲームだった……みたいだ」

毎日、朝から晩まで引きこもり、自室でゲームに興じる若者は掃いて捨てるほど転がっている。寿明のかつての上司の息子もそうだった。

「構いません」

警備責任者の承諾を得て、一番大河原と近かった小田にワンルームを案内してもらう。あえて、車は断った。明智松美術館から閑静な街並みを二十分くらい歩けば、タイル張りのワンルームマンションに到着する。左隣は優良企業の一社である是枝不動産が所有する駐車場であり、右隣は香港の財閥が所有するマンションだという。その一階には大河原が入れあげ、失恋した女性が経営する中華料理店があった。亀と仙人が描かれた『琴晶飯店』という大きな看板がやけに目立つ。

自分でもわけがわからないが、無意識のうちに寿明の足は香港の財閥が所有するマンションに進んでいた。

「館長、こっち」

小田に呆れ顔で手を振られ、寿明は進行方向を変える。小走りでワンルームマンションに進んだ。

「すまない」

「なんで、大河原を探るんスか?」

「彼しか手がかりがないからです」

「無理じゃねぇっスか？」

「無理でも探しだします」

寿明は噛み締めるように言いつつ、小田の広い背中に続いた。百六十六センチの寿明にとって長身の小田は、大河原と同じように壁だった。

「館長、そのさ、事務のおばちゃんから聞いたけれど、あの絵はたんまり保険に入っていたんだろう。困るのは保険会社だけさ。絵の所有者は保険金で新しい絵を買える」

小田は馬鹿らしそうに鼻で笑うと、一階の東南の角にある部屋に入った。大河原が寝泊まりしていた一〇五号室だ。

寿明も周囲を眺めながら続く。

「あの『花畑の聖母』はボドリヤール伯爵家に伝わる家宝でした。単なる名画ではありません」

ヨーロッパの貴族において、代々受け継がれる歴史的価値のある美術品が、その家柄の格となる。それ故、現代絵画は名門の流れの証にはならない。母と祖母に連れられて初めてボドリヤール伯爵家を訪問した際、当主が誇らしそうに家宝について語った姿は、今でも寿明の目に鮮明に焼きついている。

「そんなの、なんとかかんとか伯爵がもったいつけているだけさ」

「ルーベンスは工房制度を取り、下絵や仕上げ以外は、弟子に指示して手伝わせました。

どれだけルーベンス自身が描いているか、描いていないか、それで絵の価値が決まります。ボドリヤール伯爵家に伝わる『花畑の聖母』はルーベンスの駆けだし時代の作品ですから、その価値はわざわざ説明しなくてもわかるはず」

寿明がありったけの感情を込め、ボドリヤール伯爵から直に聞いた説明を力説した。しかし、若い警備員は一笑に付した。

「馬鹿らしい」

「……君」

寿明が端麗な顔を歪ませると、小田は大きな手をひらひらさせた。

「だから、俺は警備員っス。蘊蓄を垂れられてもわからねぇ」

高徳護国流の剣士には芸術音痴が多かったから、今さら困惑したりはしない。寿明にしろ、専門的な話になるとお手上げだ。

「大河原くんもそういうタイプでしたか？」

あの絵画の価値を的確に把握しているのか、把握していないのか、寿明は大河原の価値観を知りたかった。

「……さぁ？　絵とか彫刻とかよりゲームが好きだったことは確かだ。館長もゲームするのか？」

「……君、そんなことより、この部屋には何もない。本当にここで大河原くんは生活していたのですか？」

大河原の部屋は殺風景という一言ですませられなかった。黒いパイプベッドとテレビしか見当たらず、クローゼットには百円ショップの袋に詰められたタオルや下着がある。コンロはひとつあるが使われた形跡はなく、小さな冷蔵庫には何も入っていない。電子レンジやトースター、洗濯機やシェーバーといった家電もないし、ユニットバスには使いかけのシャンプーや石鹸もなかった。

「男の一人暮らしはこんなもん」

テレビの前には新品の軟膏がポツン、と置かれていた。

「僕も一人暮らしですが、あまりにも違いすぎる」

明智松美術館の館長用の社宅としてマンションを用意され、寿明はそれまで暮らしていた官僚用の寮から引っ越した。食器洗い機や電子レンジは言わずもがな高性能のオーブンや乾燥機付きの洗濯機まで、予め備えられていたのだ。そのうえ、実家の母親から北欧製の家具、食器やリネン類が送られてきた。

「そりゃ、いいところのお坊ちゃまとは違うさ」

小田に呆れたように肩を竦められ、寿明は白い壁の染みを眺めながら言った。

「僕がいいところのお坊ちゃまだと？」

僕はたいしたことがないんだけどな、と寿明は自嘲気味に心の中で呟いた。

幼い頃より、学校には教科書に登場する歴史的人物の子孫がいたから、自分が良家の子息だと思ったことは一度もない。官僚の世界において、右を見ても左を見ても錚々たる家柄の出身者たちばかりだった。

「そんなの、美術館のスタッフが教えてくれたさ。何より、一族の中ではドロップアウト組に入る。アイドルの純に似ている若い館長だと思ったらキャリアの出向組だって」

出世競争で弾かれてこんなところに飛ばされた負け犬だってさ、と小田は独り言のように続けた。

「そうですか」

寿明は美術館のスタッフに同情されていたことには気づいていた。美術館の仕事に生き甲斐を見いだしていたことは、わかってくれなかったのだろうか。

「三十を越えたおっさんだって知ってびっくりした」

バンッ、と小田の腕が壁を叩いた。

「……え?」

いつの間にか、寿明は壁に追いやられている。目の前に立ち塞がっている警備員の目はいつもと違った。何より、身動きが取れない。

「……なぁ、ふたりきりだぜ」

壁についている小田の左右の腕を邪険に払った。……が、無駄だ。逞しい腕はビクともしない。

「……き、君？」

「処女だよな？」

　息がかかるほど、小田の唇が近い。

　寿明は逃げたくても逃げる場所がない。背中に当たる壁は固く、若い男の腕の中は段々狭くなっていく。

「……君の言っていることが理解できない」

「だから、えっちの経験はないよな？」

　チュッ、と唇で音が鳴った。

　小田の唇が自分の唇に触れた、と寿明が自覚した瞬間、首を斧で切り落とされたような気がした。

　大河原に初めて唇を奪われた夜を思いだす。

「可愛い～っ」

「…………」

「キスでこんなカチカチになっちまうんだ。可愛いな」

　チュッチュッ、とさらに軽快なキスの音が鳴る。

　口腔内に生温かいものが侵入してきた。

……不審者の侵入、と寿明はようやく正気を取り戻し、持てる力を振り絞り、猛々(たけだけ)しい男を突き飛ばした。

ドンッ。

油断をしていたらしく、小田の腕の力が緩む。その隙(すき)に寿明は逃げだした。……逃げだそうとしたのだが、寿明はその場で転倒してしまった。なんのことはない、小田の足にひっくり返されたのだ。

「館長、無駄な抵抗はやめろ」

小田は軽薄な笑みを浮かべ、寿明の身体(からだ)に覆(おお)い被さってくる。

「……ど、どきなさい」

寿明はフローリングの固い床に押さえつけられ、身動きが取れない。若い警備員の向こう側の天井がやけに遠く見える。

「ここで童貞を捨てて……は無理だけど、処女でも捨てておけよ」

小田の大きな手が予想だにしていなかったところに伸びてくる。寿明は耳まで真っ赤にして叫んだ。

「……な、な、な、何をするーっ」

「えっち」

しれっとほざく若い男が憎たらしい。

「……え、えっち？」

「いくらなんでも、えっちがどういう意味か知っているよな？」

「……ぼ、僕はパパ活とやらは無用だ。僕は君のパパになるつもりはない」

寿明が真っ赤な顔で言うと、小田は楽しそうにぷはーっ、と噴きだした。

「……パパ？　パパ活？　俺と館長サンでパパが館長サン？」

「僕は三十五歳だ。君から見ればパパ世代だろう」

寿明の目から見れば、二十歳になったばかりの小田はどんなに体格がよくても子供に等しい。

「……ま、意外、パパ活っていう言葉は知っていたんだ」

「かつてどこかの業者に言い含められた女子高生が僕に絡んできたから参った。今の僕は官僚ではない。引きなさい」

どうしてこんな時に官僚時代のあれこれを思いだすのだろう。寿明の脳裏には官僚時代に仕掛けられたハニートラップが走馬灯のように駆け巡る。

「ただ単に館長とヤりたいだけ」

世代の違う男が異星人に見えた。

「……理解できない」

「今時、男同士もザラだろ」

ネクタイを物凄(ものすご)い勢いで引き抜かれ、乱暴にシャツのボタンを外され、寿明はヒステリックに叫んだ。

「やめなさいーっ」

シャツのボタンがふたつ取れて、フローリングの床に落ちた。小田の手は容赦なく、寿明の身体を暴こうとする。

「抵抗されると燃えるな」

「僕にそんな暇はない」

寿明は全精力を傾け、手足を動かしたが、あまり効果はない。体格差が如実に腕力差を表している。せめて竹刀(しない)があれば、と何もない部屋を見渡した。

「……暇？　暇だったらヤるのか？」

ズボンのベルトが緩められ、寿明の全身から血の気が引いた。

「……な、何をするっ」

「三十男とは思えない可愛い反応だな」

「……や、やめなさい。自分を見失ってはいけないっ」

寿明が首を小刻みに振ると、若い男は破顔した。

「その反応、楽しすぎるぜ」

どのように言えば、雄々しい異星人はわかってくれるのだろう。どうしてこんなことをするのか、寿明の思考回路はショート寸前だ。

「……き、君も僕も勤務中です。職場に戻りましょう」

「館長と一緒だからサボりにはならねぇっス」

「……僕から離れなさいっ」

「思ったより細いな」

あっという間に、小田の手によって身につけていた衣類が剝ぎ取られる。ズボンもシャツもパイプベッドのそばに放り投げられた。

「……ぬ、脱がせるなっ」

「真っ白に薄いピンク」

ペロッ、と胸の突起を舐められ、寿明の全身に未だかつてない稲妻が走った。

「……やっ」

「……お、いい声」

子猫がミルクを舐めるように胸の突起をねぶられ、寿明の視界が桃色に染まる。真っ白な肌は薔薇色だ。

「……え？　……え？　……やめろっ」

「……なんだよ、ここがいいのか？」

小田が勝ち誇ったように、平らな胸に頰を寄せた。依然として、大きな手は寿明のなめらかな肌を調べるように手繰っている。

「……もういい加減に……いい加減にしてくれ……」

「さっさとブチ込んでほしいのか？」

「ブチ込むって何を？」

「いくら童貞でもわかるだろう？」

ふふっ、と小田は薄く笑いながら、寿明の耳朶を甘く噛んだ。唇にも羽毛のような優しいキスを落とす。

「……え？」

大河原くん？

大河原くん、と寿明はキスをされた瞬間、ルーベンスの名画とともに消えた警備員が瞼に浮かんだ。

自分でもわけがわからないけれども。

「男と男でもひとつになれる。男女みたいにえっちできるんだ。勉強一筋のボンボンでもわかるだろう」

小田は宥めるように言いつつ、寿明の唇を人差し指で突いた。なんとも形容しがたい雰囲気を漂わせている。

「藤原頼長の『台記』に男色について綴られていたけれど……」

男同士の性行為ならば、悪左府という異名を取った藤原頼長の漢文で書かれていた日記を思いだす。自筆本は存在しないが、公家たちによる写本が、宮内庁書陵部や各地に保管されていた。最上流階級の男色が衝撃的なまでに詳しく綴られていたから、一般公開は戦後までなかったはずだ。頼長が死んだ保元の乱の経緯まで一気に脳裏を過った。藤原一族の内紛が、武家の台頭のきっかけだ。

そんなことを思いだしている場合ではないのに、現実逃避のように瞼には丸暗記した日本史年表が続いた。

「すげぇ、さすが、自分の偏差値を他人が決めた秀才だぜ。藤原頼長の『台記』かよ」

小田の馬鹿にしたような顔が大河原に重なった。

「……君?」

そんなはずはない。

目の前にいるのは小田くんだ。

絶対にそんなはずはない、と寿明は思いつつも、一度湧いた疑念を消すことはできなかった。

「なんだ?」

小田の顔立ちと大河原の顔立ちはまったく違う。声も喋り方もまったく違う。それでも、何かが引っかかる。

「……大河原くん？」

寿明が裏返った声で指摘すると、小田はシニカルに口元を緩めた。

「どうした？　感じすぎでトチ狂ったか？」

際どいところを揉まれ、寿明の下肢が激しく痺れた。理性が飛びかけるが、必死になって自分を保つ。

「……大河原くんみたいな……大河原くん？　……大河原くんなのか？」

寿明がやっとのことで声を出すと、若い男の頬がだらしなく緩んだ。

「……へぇ」

馬鹿にしているような、感心しているような、なんとも形容しがたい表情だ。それでも、あの夜の大河原に重なる。

「……え、え、え、大河原くん？」

「意外な才能を発見」

小田の口から大河原の声が出た。

「……あ、大河原くん？」

「今日は小田だ」

やっぱり小田くんは大河原くんだったのか。

これはいったいどういうことだ、と寿明は声を出す間もない。小田こと大河原の腕によって足を大きく開かされる。

「……え？」

はしたない自分の体勢と大河原の声に、寿明の思考回路が複雑に交錯する。悪い夢でも見ているような気分だ。

「キジも鳴かずば打たれまい」

密着した身体から、小田こと大河原の熱さが伝わってくる。さすがの寿明も己を組み敷いている若い男の状態に気づいた。

「……やっ……」

「飛んで火に入る夏の虫」

若い男の凶器に等しい分身が、寿明の身体を狙っている。心なしか、窓越しに差し込む陽の光が曇った。

「……や、やめなさいっ」

寿明は全身全霊をかけ、若い男の分身から逃げようとした。

……が、下肢がまったく動かない。

「殴りたくないからおとなしくしろよ」

「……や、やめなさいーっ」

「こんなにギンギンに勃ってやめられるわけがねぇだろっ」

若い男の天を衝く肉塊が最奥に押し当てられ、寿明は未だかつてない恐怖と衝撃に悲鳴を上げた。

「……い、いーっ？」

グッ、と恐ろしい音が局部から聞こえてくるや否や、言葉にならない激痛を感じた。寿明は無我夢中で暴れる。

「秀才、力を抜いてくれ」

「……いっ？　……痛っ……殺す気か……」

若い男の分身が秘部を強引にこじ開けようとしている。物理的に無理だ。殺される、と寿明は死を予感した。

「初めてだし、いきなりじゃ無理か。貫通工事の準備が必要だな」

寿明の下肢を押さえたまま、器用にも左手でテレビの前にあった新品の軟膏を取る。たっぷりと指につけた。

「……か、貫通工事？」

「藤原頼長の『台記』を読んだなら知っているだろう。……ほら、確か、乱暴にヤられても気持ちよくなる、ってさ」

反射的に、木曾義仲の父親の源義賢に身分の高い頼長が腕尽くで組み伏せられたという一文を思いだした。

「……え？　『二一四八年一月五日　今夜入義賢臥内及無礼有景味』だったか？」

「秀才、すげぇ。すげえ記憶力だ。こんなの初めて、ステキ、って頼長は感想を書いていたぜ。気持ちよくしてやるから任せろ」

軟膏がたっぷり秘部に塗られ、寿明は言いようのない感覚に下肢を痙攣させた。冷たいだけではない。

「……いっ？」

「……あ、指は意外とすんなり入るぜ」

長い指が軟膏の滑りを借りて、狭い器官に侵入してくる。寿明は拒絶しようとしたが、できなかった。

「……やっ……気持ち悪い……」

指が入っている、と考えただけでおかしくなりそうだ。寿明の目から生理的な涙がポロポロと流れた。

「指ならいいんだな」

一本の長い指が煽るように蠢き、寿明の秘部が甘く痺れた。こんな感覚は生まれて初めてだ。

「……や、やめてくれ……」

「気持ちよさそうだぜ」

指が二本に増やされ、肉壁を広げるように動く。秘部から血が流れない代わりに、寿明の心から血が流れた。

「……いっ」

「前立腺ってわかるよな」

その一点を突かれた時、寿明の下肢が熱くなった。ピリピリッ、とした快感が肌を走る。

「……っ……」

おかしい。

これは僕の身体じゃない。

何かの間違いだ、と寿明は叫びたいが声にならなかった。ヒクヒクと疼く狭い器官に、全身が引き摺られているような気がする。

「ここか?」

ここだ、とばかりに長い指がその一点を煽るように突く。

「……ぬ、抜いてくれーっ」

「抜くわけないだろう。勃ってきたぜ」

傲慢な声で指摘され、寿明は愕然とした。自分は淡泊だと思っていたのに、どうしてこんな時に、と。

「……ま、まさか……」

どうしたって、男の身体は快感を隠しようがない。

「身体は素直だな」

若い男は勝ち誇ったかのように、寿明の分身をペロリと舐めた。

「……あっ」

「可愛いな」

ますます体内を弄る指の動きが妖しくなり、寿明の分身は今にも頂点を迎えそうだ。飛びそうになる理性を総動員し、死に物狂いで耐える。このような不埒な男によって、自身を放ちたくはない。

「……も、もう……もう……」

「先にイけよ」

グッ、とその一点を一際強く擦られ、寿明の全身が凄絶な快感に包まれた。無意識のうちに腰が揺れる。

「……や、やめ……僕は……」

「一緒にイくか？」

「……あっ」

いったい何がどうなっているのか。

寿明には問う間もなければ考える間もない。生まれて初めて体験した激痛と衝撃で意識を手放した。


ペチペチペチッ、と頬を軽く叩かれる。カプッ、と耳朶を噛まれ、寿明は目を開けた。

「館長、そろそろ起きたほうがいいんじゃないか？」

陵辱者に覗き込まれ、寿明は声にならない悲鳴を上げた。

「……っ？」

「お姫様はキスで起こそうか？」

小田の唇が近づいてきたので、寿明は慌てて身を引く。……いや、腰がどんよりと重くて動かない。自分の下半身でないような感じだ。

「……え？」

剝きだしの下半身を覆うものは何もなく、寿明は悪夢が現実だったと思い知らされる。白い肌には情交の跡が花弁のように点在していた。

「館長、どうだった？」

「……小田くん？　大河原くん？」

寿明が掠れた声で尋ねると、不遜な青年は不敵に笑った。

「バックバージンをもらったから特別に見せてやる」

小田は後ろを向き、ゴソゴソと何やらしだした。しきりに顔を触っているようだが、何をしているのかわからない。

振り返った時、小田はいなかった。

正確に言えば、小田の顔ではなかった。

「……え？」

一瞬、寿明は自分の目がおかしくなったのかと思った。何せ、一瞬にして小田が大河原になったから。

「これが大河原」

大河原の顔と声に、寿明の魂はどこかに飛んでいった。

小田が大河原だったのか。大河原が小田だったのか。小田も大河原も明智松美術館で警備員として働いていたのは確かだが。ふたり揃っていた姿を見かけたが。

どこからともなく聞こえてきた救急車のサイレンで自分を取り戻す。寿明は目を擦ってから、まじまじと眺めた。

「……え？　小田くんが大河原くんだった？」

「今日は特別に俺が小田に化けていた。小田として明智松美術館で働いていたのはこいつだ」

　いつからそこにいたのか、トイレの前に軽薄そうな若い青年がいる。ほかでもない、小田という警備員だ。

「……え？　……あ、小田くん？」

　つい先ほど、小田にレイプされた。

　が、この小田ではない。

　今、大河原の顔をしている男にレイプされたのだ。

　寿明はわけがわからなくなって、狭いワンルームにいるふたりの青年を交互に眺めた。

「こいつは犬童(いんどう)、覚えておいて損はない」

　大河原の顔をした男が、小田の顔をした男を紹介した。高らかな声で『犬童』と。

「……犬童？」

「俺は獅童(しどう)、覚えろ」

　大河原の顔をした男は親指で自分を差しながら名乗った。帝王のような風情を漂わせて『獅童』と。

「……大河原くんが獅童くん？　……いったい何がどうなっている？　それは変装だな？　変装ごっこが流行(はや)り……じゃないよな？」

　夢想だにしていなかった展開に、寿明はついていけない。ドイツ語の難解な哲学書の比ではなかった。

「二発ヤらせてもらったから、特別サービスで素顔も見せてやる」

獅童と名乗った男は再び、背中を向けた。どうやら、顔から何かいろいろと剝ぎ取っているらしい。地毛だとばかり思っていたが、短い黒髪のウィッグが落とされた。

クルリと向いた時、すでにその顔は大河原ではなかった。それどころか、東洋人でもない。東洋と西洋の美を集結させたような絶世の美青年がいる。柔らかな髪の毛や瞳は淡い栗色だ。

「……え？」

「素顔のほうが男前だろう。惚れたか？」

ファッション雑誌から飛びだしてきたような若い美形は、尊大な態度で言い放った。神をも恐れぬ眩しさに満ち溢れている。

「……えぇ？　……変身？　……あの、変身みたいな？」

変身？

変身したのか？

直人がよく真似をしていた正義の仮面ライダーマンみたいな変身、と寿明の脳裏には遠い日に剣道仲間が騒いでいた特撮ヒーロー物のテレビ番組が蘇った。

「……変身？　それ、いいな」

ぶはっ、と美の女神に最高の祝福を受けたような美青年が楽しそうに噴きだした。左右の手で変身のポーズを取る。

「……変身ベルト……変身じゃないよな？」

落ち着け、僕、いくらなんでも変身はない、今の科学では無理だ、と寿明は全神経を傾けて自分に言い聞かせた。正常な理解力を失っていることは間違いない。

「生憎、変身じゃなくて変装だ」

「……変装？」

「一々、楽しませてくれるぜ」

グイッ、と獅童と名乗る絶世の美青年に肩を抱き寄せられ、寿明は慌てて身体を引こうとした。しかし、身体は初めての体験で思うように動かない。何より、動いた拍子に秘部から白濁したものが滴り落ち、寿明の心が屈辱と羞恥心で軋んだ。

「……っ」

「妊娠したら責任を取ってやるぜ」

獅童の酷薄そうな笑みが、寿明の心を深く抉る。

「……な、何を言っているんだっ」

「あの夜、館長が騒がなかったら、こんなことにはならなかった。自業自得だぜ」

獅童の視線の先は寿明のすんなりと伸びた下肢だ。飲みきれなかった陵辱者の落とし物が筋のように伝っている。

「……どういうことだ?」

「俺の仲間になるしかない。そういうことさ」

さらに獅童に強く抱き込まれ、寿明は全身全霊を注いで腕を突っ張った。憎たらしいぐらい若い男の腕の中が広い。

「……怪盗ルパンの一味か?」

「怪盗ルパン? それもいいな」

「ピンクパンサーみたいな窃盗チームの一味か?」

暴力団や半グレ集団や福建省系チャイニーズ・マフィアや台湾系マフィアやコロンビア系マフィアやロシア系マフィアなど、国内で活動している窃盗団について聞いたが、ルネサンスの偉大なる芸術家が命を吹き込んだかのような美形とマッチしない。

「九龍の大盗賊」

獅童になんでもないことのようにサラリと言われ、寿明は瞬きを繰り返した。

「……九龍の大盗賊? ……九龍の浄化作戦は成功したと聞いた」

香港の九龍といえば、アジア最大の魔窟(まくつ)と称された無法地帯だった。英国から中国に香港が返還され、浄化作戦が功を奏し、今現在、かつての魔窟の面影は微塵もないという。早くも伝説と化している。

「だから、それさ。香港返還になって、俺のオヤジ率いる宋一族は香港マフィアとの戦いに負けて、日本に流れてきたんだ」

「……宋一族？」

「館長は知らなくても、警視庁のお綺麗な警視総監候補なら知っていると思うぜ」

「二階堂正道くんを知っているのか？」

「そんなの、館長をずっとマークしていた。館内に隠しカメラや盗聴器を仕掛けたり、調査会社に依頼したり、闇オークションを調べたり、オルセーの研究員に泣きついたり、ロンドン大使館勤務の外交官に連絡を入れたり、祖父サンのツテを頼ったり、世間知らずのボンボンのくせに頑張ったな」

　獅童がシニカルにつらつらと言ったことに関し、寿明はどれもこれも身に覚えがある。すべて握られていたのかと背筋が凍りついた。

「……君……」

「宋一族でよかったな。俺は手荒な真似はしない。静かに贋作とすり替えるのが得意だ」

　わかれよ、とばかりに獅童に肩を揺さぶられる。言うまでもなく、寿明は釈然としない。

「……本物の大河原くんはどうした？」

　明智松美術館で採用された大河原という青年は実在したのか、実在しなかったのか、寿明はルネサンスの巨匠が描いたような獅童の切れ長の目を見つめた。

「二年前、高校を卒業したばかりの大河原は琴晶飯店のダイアナにイカれた。それ以来、ダイアナの言いなりだ」

琴晶飯店のダイアナといえば、つい先ほど若い警備員たちの口から聞いたばかりだ。大河原が失恋した相手だったはず。

「……もしかして、そのダイアナさんは宋一族関係者か?」

「察しがよくて助かる。琴晶飯店のダイアナは俺の右腕だ。一月半前まで大河原はダイアナの下僕として真面目に働いていたが、ちょっとしたドジで死んでしまった。だから、俺が大河原に変装して明智松美術館で働いていた。何故だかわかるか?」

仲間に引きずり込んだ大河原が亡くなっても、獅童が変装してまで明智松美術館で勤めていたというのか。その目的には心当たりがある。

「……まさか、ルーベンスの『花畑の聖母』を盗みだすため?」

「ビンゴ」

「……ビ、ビンゴ?」

「俺が大河原を完璧にコピーして、小田として勤めていた犬童とその時を狙っていたんだ。あの時、館長が騒がなきゃ、みんな、ハッピーに終わったんだぜ。ボドリヤール伯爵じゃ贋作だって気づかれなかった自信がある」

どうして気づくかな、と獅童はわざとらしい溜め息をついた。彼の大きな手は寿明の細い肩を抱いたままだ。

「……き、君はなんて罪深い……」

心の底から名のつけられない怒りが込み上げる。寿明の全身の血が逆流した。

「これでも宋一族のトップだ」

獅童が軽く言うと、傍らの犬童がコクリと頷いた。

「……トップなのか?」

若さや言動の軽さから末端のメンバーだと推測していた。獅童の想定外のポジションに、寿明はひたすら驚く。

「トップだから、可愛い館長を始末せずにすんだ。感謝しろ」

フッ、と耳元に息を吹きかけられ、寿明の真っ白な肌に鳥肌が立つ。

「……怒りが大きすぎて言葉が出ない」

何をどのように非難すればいいのか、何から罵倒すればいいのか、寿明には口にする言葉が見つからない。

「こんな時も可愛いな」

宋一族の若き総帥に馬鹿にされているとしか思えない。寿明は泣き腫らした目で睨みつけた。

「いい加減にしてくれ。ルーベンスの『花畑の聖母』を返してもらう」

「条件次第では返してもいいぜ」

「……条件？　今回に限り、君のこと、真相について警察に告げない。祖父の力を借りて極秘に処理する」

今回は見逃す、と寿明は怒りを押し殺した声で続けた。なんの準備もせず、宋一族の総帥相手に刃向かっても勝ち目はないとわかっている。

「感心するほど、世間知らずで可愛いな」

「……金か？」

僕の貯金で足りるか、と寿明は預金通帳の残高を思いだした。

寿明にはこれといった趣味がなく、ギャンブルもしないし、キャバクラ通いもしない。自炊はしないが、リーズナブルな飲食店を使っていたから、必要最低限の生活費以外の出費はほとんどなかった。けれど、今回の件、ポケットマネーでいろいろとしていたから預金通帳の残高は一気に減った。

「金ならボンボンより持っている」

「……では、要望を明確にしろ」

「俺たちの仲間になること」

迷うことなく、寿明は険しい顔つきで拒絶した。

「断る」

「もう仲間になるしかないんだぜ」

見ろ、と獅童が横柄に顎を杓ると、犬童が無言でｉＰａｄを差しだした。モニター画面では動画が再生されている。

『……や、やっ……痛っ……ううっ……』

動画の中、体格差のあるふたりがひとつになっている。艶混じりの辛そうな呻き声とともに卑猥な交接音が聞こえてきた。

『痛いだけか？』

体格のいい男は容赦なく腰を使っている。逃げようとする華奢な身体を無慈悲なまでの激しさで追い上げた。

『……く、苦しい……』

『俺はすごくいいぜ』

ふたりはフローリングの床で行為に励んでいた。付近にはシャツやネクタイが落ちている。

『……も……殺す気か……』

『可愛いな。死ぬぐらい感じているのかよ』

『……い、息ができない……』

細い手が救いを求めるように伸ばされる。

『呼吸の仕方を忘れるぐらい俺に夢中になれ』

体格のいい男は獰猛な野獣のように、華奢な身体つきの女性を貪る。……いや、違う。男女のAVの動画だと思ったが違う。

男と男のAV動画だ。

それも小田と寿明のAV、つまり先ほど小田に扮した獅童にレイプされたシーンだ。

あれは僕だ、と寿明が浅ましい痴態を晒している自分に気づいた瞬間、魂が粉々に砕け散った。

『……い、いやーっ』

動画の中の寿明は若い男に嬲られ、為す術もなく快楽の波に呑まれていた。ビクンビクンビクンッ、と爪先を痙攣させる。

『こんな時も可愛いな』

若い男は勝ち誇ったかのように、華奢な身体に性を放った。

『……っ……ううっ……』

『俺のでびしょびしょだ。気持ちいいだろう』

ふたつの身体がひとつになっていたところから白濁したものが滲んでいる。寿明の秘部がすべてを飲みきれなかったのだ。

『……ううっ……』

『俺ので濡(ぬ)れてキュートさが三割増し』

動画の中、若い男は征服者の顔で寿明の左右の足を摑(つか)んだ。局部が見えるように開く。

『……い……いっ……』

『綺麗に映っていると思う。後で一緒に見ようぜ』

動画の中の若い男はどこまでも残酷だった。蹂躙(じゅうりん)した三十半ばの男にプライドがあると思っていない。

「館長、あちこち綺麗に撮れているだろう」

寿明は獅童の傲岸(ごうがん)不遜な笑い声で自分を取り戻した。

「……っ……よ、よくも……」

寿明はｉＰａｄを奪い取ろうとしたが、獅童の逞しい腕に難なく封じ込められる。まったくもって、歯が立たない。

「この初体験動画をアップしたら世界中(せかいじゅう)にファンが増えるぜ」

一度でもこういった動画がインターネットにアップされたら、どんな手を講じても、コピーにコピーが重ねられ、半永久的に世界中に出回る。官僚の父や兄、代議士の祖父、親戚たちに多大なる迷惑がかかることは間違いない。母親や祖母の嘆き悲しむ声が寿明の耳に木霊(こだま)した。

「……ひ、人でなし……」

暴力で身体を奪った挙げ句に未来も支配しようとするのか。寿明には宋一族の総帥に青い血が流れているように思えた。

「宋一族の完璧に終わらせる仕事を邪魔したのは誰だよ。本来、始末するところ、可愛いから仲間になったら許してやる」

獅童には獅童の言い分があるらしく、吐き捨てるように言い放った。傍らの犬童も憎々しげに相槌を打っている。

「……なんて、ひどい……」

「仲間っていっても、館長を実行部隊には入れないから安心してくれ。どう考えても館長は実戦向きじゃない。今のまま館長として勤めろ」

明智松美術館の館長には利用価値があるらしい。説明されなくてもなんとなくわかる。

「……九龍の大盗賊の宋一族ならば、『花畑の聖母』を香港の闇オークションに出品するつもりだったのか？」

「今回の三段腹の絵は闇オークションに出す予定はない。宋家のコレクション・ルームに並べる予定だった」

「……宗家のコレクション・ルーム？」

寿明は今までに宗家コレクションなる存在を耳にした記憶はない。九龍の大盗賊のコレクションならばすべて盗品だろうか。

「もっと値が上がるまで保管するつもりか？」

神に捧げられるために生みだされたような美術品が投機対象になって久しい。寿明の質問に対し、獅童は嘲笑で流した。

「……さ、館長は拒めないぜ」

獅童に凄まじい力で抱き込まれ、寿明は必死になって怒りを深淵に沈める。ここで感情を爆発させても疲弊するだけだ。

「……仲間になったら、本物の『花畑の聖母』を返してくれるんだな？」

寿明が確かめるように聞くと、宋一族の若き総帥は横柄な目で言った。

「可愛い館長が仲間になるなら惜しくない」

「……わかった」

寿明が観念したように言うと、獅童の鋭い目が細められた。身に纏う空気もガラリと変わる。

「俺の仲間になる？」

「……なる」

「じゃ、忠誠のキス」

スッ、と獅童に手を差しだされ、寿明の唇は震えた。剝きだしの下肢が派手に揺れる。

「……忠誠のキス?」

「キスで俺に永遠の忠誠を誓え」

騎士に対する王ではなく、奴隷に対する王のようなムードが漂っている。若き帝王にとって、寿明は奴隷に等しいのだ。おそらく、寿明が魂を持つ人間だと認めていない。

「それは九龍の大盗賊の儀式か?」

「わかってるじゃないか」

獅童の手が突きつけられ、寿明は息を呑んだ。

傲慢な犯罪者に永遠の忠誠など、天と地がひっくり返っても誓いたくはない。今にも血管が切れそうだ。

しかし、逃げられない。

悔しいけれども、逃げる術が思いつかない。

「……おい」

「……っ」

「優しく言っているうちにやれ」

獅童の鋭い目に命じられるがまま、寿明はその手の甲にそっと口付けた。身も心も屈辱感にまみれる。

ポロリ、と悔し涙が零(こぼ)れた。

「館長、可愛いな。こっちにもキスしろ」

獅童は指で自分の唇を差し、さらなるキスを命じた。屈辱にまみれる寿明を馬鹿にしていることは確かだ。

「大河原くん……じゃない、獅童くん、約束は守ってもらう」

「わかっている。夜には返す」

「夜だな?」

「……さぁ、キスしろ」

宋一族の若き総帥に逆らえず、寿明は大きな怒りを呑み込んだ。そうして、その薄い唇に触れるだけのキスを落とした。

「寿明クン、震えて可愛いな」

獅童に笑いながら抱き締められ、寿明の魂と身体が軋む。目の前に無明の闇が広がったが、今はこうするしかない。

4

チュッチュッチュッ、と唇に何かが触れた。……あれは覚えたてのキスの感覚だ。何度も繰り返される。

「館長、起きろ」

耳元で甘く囁かれ、寿明は目を覚ました。

「……え？」

ブランデー色の瞳の持ち主は知らない。

いや、知っている。

目の前には獅童と名乗った宋一族の若き総帥がいる。悪夢だとしか思えなかったが、紛れもない現実だ。

「寿明クン、起きろ。時間だ」

「……え？」

獅童の手によって上体を起こし、寿明は周囲を見回した。大河原という警備員のワンルームではなく、高級感が溢れる中華風の部屋だ。凝った天井の意匠といい、吊るされた照明といい、大きな鏡の両側にある景徳鎮の大きな壺といい、仙人と亀と牡丹が描かれた屏風といい、すべてが筆舌に尽くしがたい豪華さだ。

「今後について説明しようとしたら俺の腕で寝た。いい度胸だ」

獅童は警備員姿ではなく、仕立てのいいスーツを身につけていた。殺風景なワンルームより、背景に広がる豪華絢爛な部屋のほうがしっくりする。

「……ここは？」

「琴晶飯店の上」

「宋一族の琴晶飯店？」

「アジトのひとつだ」

獅童があっけらかんと言った時、虎と牡丹が描かれた扉から楊貴妃が顔を出した。……否、楊貴妃と称しても差し支えないような美女が現れた。牡丹が描かれた真紅のチャイナドレスを華やかに着こなしている。

「獅童、よっぽど館長が気に入ったんだな。口が軽い」

ハスキーボイスの美女に対し、獅童は意味深に口元を緩めた。

「ダイアナ、可愛いだろう。こんな楽しい逸材は久しぶりだからな」

「ここ最近、むさ苦しい奴ばかりだったから、ハリネズミカスタード饅頭みたいな子は大歓迎だ」

ダイアナと呼ばれた華やかな美女は、獅童から寿明に視線を流しながら言った。

「館長、初めまして。ハリネズミカスタード饅頭はお好き?」

ダイアナに何を言われたのか、寿明はちゃんと聞き取ったのに理解できなかった。

「……え?」

「タピオカみたいな目だね。愛らしい」

「……は?」

「獅童にいじめられたらいつでもおいで」

ダイアナの赤い唇が寿明の白い頬に触れた。

……いや、その寸前、獅童の大きな手が阻む。

「ダイアナ、もう下がれ」

「獅童、キスぐらいいいだろう」

「駄目だ」

獅童がきつい目で断言すると、ダイアナは欧米人のように派手に肩を竦める。天女と獅子が描かれた絵の前では、小田こと犬童が苦笑を漏らしていた。

「館長、俺に永遠の忠誠を誓ったことは覚えているな」

クイッと、獅童の手によって顎を持ち上げられる。寿明は目を逸らしたいが逸らすことができない。

「……覚えている」

寿明は屈辱感に耐え、掠れた声で言った。ここで惚けても墓穴を掘るだけだとわかりきっている。

「ダイアナの顔は忘れてもいいから、俺に対する忠誠は忘れるな」

獅童に顎を持たれたまま、真上から叩きつけるように言われる。寿明の心はささくれだったが、必死になって心を静めた。

「……で、これはどういうことだ？」

寿明はさりげない仕草で獅童の手から顎を引いた。

「俺の腕で寝た館長をここまで運んで、風呂に入れて、身体を洗って、服を着せておいた。感謝しろ」

「……え？」

「肉の画家の女ぐらい太れとは言わないが、もう少し太れ。抱き心地が悪い」

ルーベンスの好みは絵画を観れば一目瞭然のふくよかなタイプであり、ダイナミックでいて壮麗な技法でたわわなセルライトを克明に描いている。「肉の画家」や「肉屋の店先を思わせる絵」と揶揄された所以だ。寿明の身体つきとは比べるまでもない。

「僕の体脂肪率は君に関係ない」

「体脂肪率？　楽しい脳内だな。俺の体脂肪率を教えてやろうか」

スーツ越しでも、獅童の鍛え上げられた見事な体軀はわかる。体脂肪率はストイックな体型管理をしているプロのスポーツ選手並みだろう。

「君の体脂肪率に興味はない」

「興味があるのは剣道仲間の直人クンか？」

一瞬、何を言われたのかわからず、寿明は怪訝な顔で聞き返した。

「……なんのことだ？」

「……ほら、高徳護国流で一緒に棒を振り回した直人クンだ。結婚報告を聞いた時、ショックで痩せ細ったな」

獅童の嘲笑を含んだセリフとともに、寿明の瞼に快活な剣道少年が過った。直人は腕白だったが優しかったのだ。もし、同年代に直人がいなければ、寿明は道場で孤立していただろう。

「……な、なんのことだか……なんの……」

桜が例年より早めに散った頃、寿明は官僚として多忙を極めていたにも拘わらず、無理をして高徳護国流の試合を見学した。

『寿明、やっと来たな。キャリアなんてやっぱりすげぇよ』

直人に手放しで褒められ、寿明は仕事で溜まりに溜まった鬱憤が晴れたような気がした。

『直人、元気そうでよかった』

『それが、結婚の準備で疲れ果てた』

『……結婚？　結婚するのか？』

『いつの間にか決まっていた』

『……お、おめでとう』

久しぶりに会った直人は結婚が決まっていた。

学生時代からつき合っていた恋人に押し切られたような形の結婚らしいが、直人本人も口ではなんだかんだ言いつつ嬉しそうだ。ショックを受けたのは確かだが、単に置いていかれるという寂しさだと自分なりに解釈した。

どうしてそんなことを知っている、と寿明は宋一族の情報網が恐ろしくなる。想像以上の巨大な組織なのだろうか。

「寿明クンの気持ちに気づいたら、直人クンはびっくりして逃げるぜ。腕白剣士は完全なノーマルだ」

獅童に煽るように言われ、寿明は持てる理性を振り絞って自制した。こんなことで感情を爆発させてはいけない。

「……なんの関係もない話をする時間はない。第一、君の言っていることが理解できない」

「そんなの、撫子かスズランみたいに可憐な寿明クンは女が嫌いだ。淡い初恋の相手は

『フランダースの犬』で誘ってくれた直人クンだろ」

　獅童に尊大な態度で断言され、寿明は鉈で首を切られたような気がした。自分でもどうしてこんなに動揺するのかわからないが。

「……よくそんな大嘘を並べ立てられる」

「俺相手に無駄だ。全部、バレている」

　俺を誰だと思っているんだ、と獅童の目は雄弁に威嚇している。背後に獰猛な獅子が現れたような気がした。

「……この外見のせいであれこれさんざん言われてきたけれど、女性になりたいと思ったことは一度もない。ゲイじゃない」

　僕は同性愛者じゃない、と寿明は心の中で自分に言い聞かせるように言った。強い剣士には無条件で憧れたが、交際したいとはほんの少しも思わなかった。

「ゲイじゃなきゃなんだ？」

「女性が苦手なだけだ」

　甲高い声ではしゃぐ女性もヒステリックに騒ぐ女性も淑女を装った悪女も計算高い女性も嫌いだ。特に裏表のある女性には嫌悪感しかない。

「それ、ゲイだろう」

「僕をリサーチしたならわかるだろう。僕が国家試験に合格した途端、女性の態度が一変した……あ、その前だ。大学に合格した途端、周りの女性が別人のように変わった。それまで僕のルックスを陰で嘲笑っていたのに、いきなり胸の開いた服を着て迫ってきた」

在りし日、寿明の容姿は少女となんら変わらず、侮蔑の対象だった。しかし、国内最高の偏差値を誇る大学に合格した途端、異性の態度が変わった。最難関の国家試験に合格すると、異性の豹変ぶりにはさらに加速がついた。

「だから、それ。ほかの男ならモテ始めた瞬間、有頂天になって舞い上がる。青田買いの女に釣られるのさ」

獅童が指摘した通り、それまで勉強一筋だった同級生はあからさまなモーションをかけてきた美女たちにのぼせ上がった。我が世の春とばかりに、美女たちと遊び始めたのだ。巧みな手練手管に落ち、在学中に婚約を決めた同級生は少なくはない。

「僕の祖父の肩書を知った途端、態度を変えた女性もいた。女性は僕自身を見てくれない。僕自身を見てくれない女性をどうして好きになれる？」

僕自身を気に入ってくれたわけじゃない。

僕以外のことを気に入ったんだ、と寿明は冷静に秋波を寄せてきた女性たちにジャッジを下した。

「こじらせ男子、って小田のキャラなら笑うぜ」

突然、獅童は小田という警備員の声で言い放った。素顔の華やかな美貌と小田の軽薄な口調はマッチしない。

「大河原くんのキャラなら同意してくれるのか？」

「そうだな。館長サンに気に入られるぐらい大河原は真面目キャラだった。……よくもまぁ、あんなに優しくしてくれたぜ。タイプだったのか？」

館長に望まれたら誠心誠意を以てお相手します、と獅童は大河原という真面目なキャラで続けた。

これがプロなのだろうか。

変装の名人は声音の使い分けも素晴らしい。

「いい加減にしろ」

「直人クンより大河原より俺のほうがいい男だろ。優性遺伝の賜だ。よかったな」

獅童が不遜な目で言い切ったように、その類い稀なルックスには文句がつけられない。パリのパーティで会った人気絶頂のファッションモデルやニューヨークのレセプションで見かけたハリウッド男優が霞んでしまう。

「君を尊敬するところがひとつだけある。その自信だ」

寿明が嫌みたっぷりに言うと、獅童は楽しそうに声を立てて笑った。

「だからさ、そんなことを言っても可愛いだけだ。俺の言う通りにすれば、これから可愛がってやるから楽しみにしていろ」

獅童に肩を抱かれ、寿明は促されるがまま歩きだした。中華風の細工が施された階段を降り、地下らしい天井の高い廊下を進む。駐車場に停められていた白のプリウスに押し込まれた。

「獅童くん、ここは？」

グレーのセダンや黒塗りのメルセデスベンツ、自転車や大型バイクなど、何種類もの乗り物が停められている。宅配業者のトラックや民放テレビのトラック、全国チェーン展開しているデリバリーピザの配達用バイクまであった。琴晶飯店の地下がこうなっているなど、外観からはまったく想像できない。

「見ての通り、地下の駐車場」

「広いな」

あれは本物じゃないよな、と寿明は横目でパトカーや救急車を眺める。本物にしか見えないから恐ろしい。

「さっさと乗れ」

寿明は獅童とともに後部座席に座り、犬童は運転席に腰を下ろした。シャッターが開き、ライトで照らされた地下の道を進む。

「獅童、この地下道はなんだ？　プライベートの地下道か？　まさか、人の土地に地下道を造ったのか？」

無意識のうちに、獅童に対する敬称を忘れた。それでも、闇組織に君臨する男は咎めなかった。

「宋一族関係者の土地を掘って道を造っても問題はないさ」

「付近には是枝不動産の駐車場やビルがあった。宋一族関係者の土地ではないはずだ」

大地主の是枝家が設立した不動産会社は、先の見えない不況の中でも優良企業の一社として奮闘している。寿明も是枝不動産の堅実な舵取りの噂は幾度となく耳にした。父や祖父、叔父が褒めていた記憶がある。

「意外とよく見ているな」

獅童に感服したように言われ、寿明の神経がささくれだった。

「僕をそんなに馬鹿にしているのか？」

「感心している」

「……まさか、まさかとは思うが、宋一族は是枝不動産と関係があるのか？」

父方の親戚が集った従兄の結婚式で、寿明は代替わりしたばかりの是枝グループの会長が若いと聞いた覚えがある。

先代の急逝により、跡取り息子が会長の座に就いた途端、会長夫人の座を巡って名家の令嬢の売り込み合戦が始まったらしい。

「カンもいいんだな」

「やっぱり宋一族と是枝不動産は関係があるのか?」

「館長、それだけカンがいいなら働いてもらう。来年……は難しいだろうから、再来年でラファエロ展の計画を立てろ」

獅童にとっては無名の新人画家もルネサンス三大天才のひとりも同じなのだろうか。

ヨーロッパにおける芸術は、それ自体が明らかな力を持っていた。列強、巨大な王権を誇ったハプスブルグ家やブルボン家などの王室や有力貴族たちは、レオナルド・ダ・ビンチやミケランジェロに並びラファエロをどれくらい所蔵しているか、所蔵していないか、その所蔵品がそのまま権勢を示すバロメーターになったというのに。

ラファエロの所蔵先の多くはヨーロッパだが、明智松(あけちしょう)美術館は取り引きできるだけの所蔵品を持っていないし、タイアップしてくれるメディアやスポンサーも見当たらない。極東の島国という立地条件も不利だ。交渉のテーブルにさえ、ついてくれないだろう。

「ラファエロ? 無理だ」

日本は明治維新後に『芸術』というものが輸入され、西洋美術の分野では大きく遅れを取ったままだ。国自体、欧米諸国の所蔵品とは比較するまでもない。

「無理じゃない」

「ラファエロを一枚借りようと思ったら、どれだけ大変だと思う。ここでわざわざ説明しなければならないのか?」

金もツテもコネも取り引きする美術品もない、何もない、と寿明の顔は醜悪に歪んだ。明智松美術館のみならずほかの美術館でも途方に暮れている。善戦している美術館はほんのひとにぎりだ。

「いいから、やってみろ」

「連絡を入れても冗談だと思われるかもしれない」

「いいからやれ」

「無理だとわかりきっていることをさせていたぶるのか？　それが宋一族のいやがらせか？」

新手のいじめのようにしか思えず、寿明の全身が怒りで震える。自身、館長になるまでこんなに美術館の運営が苦しいとは夢にも思わなかった。それ故、無理を押して、ボドリヤール伯爵に頼み込んだ。

「宋一族が裏でバックアップするから企画を立てろ。最初のうち、交渉は難航するが、しつこく粘れ。そのうち折れる」

獅童が帝王然とした様子で言った時、犬童がハンドルを握る車は是枝不動産が所有する商業施設のスタッフ専用駐車場に進んだ。そうして、悠々と一般車道を走る。世界的なチェーン店のコーヒーショップや全国展開しているスポーツジム、ドイツメーカーの車のショールームやガソリンスタンドなど、車窓の向こう側に広がる街並みに宋一族のムードは感じられない。

小田に扮した獅童とワンルームマンションに足を踏み入れてから、いったいどれくらい時間が経ったのだろう。いつしか、街は黄昏色に染まっていた。寿明はスマートフォンの着信を確かめる間もない。

「……つまり、裏で宋一族が所有者と交渉をまとめるのか？」

寿明が土色の顔で尋ねると、獅童は軽く手を振った。

「所有者と交渉したりはしない。ただいろいろと風を吹かせるだけだ」

「それでラファエロ展をさせて、贋作とすり替えるのか？」

「よほどの目利きでないと見破れない贋作を用意するから安心しろ」

今回はいつもの贋作屋が寝込んで間に合わなかった、と獅童は忌々しそうに明かした。寿明が騒いでも、贋作だと発覚しなければそれですんだに違いない。

「今回、どうして監視カメラに何も映っていなかったんだ？」

「当日、警備室でモニター画面を見ていたのは宋一族の奴だ」

「……小田くんとベテランの鈴木さん？　……まさか、警察ＯＢの鈴木さんも宋一族のメンバーなのか？」

「そうだ」

当日の深夜、警備室でモニター画面をチェックしていたのは宋一族の小田と六十代の鈴木だ。元警察官も宋一族のメンバーだというのか。警察官時代から宋一族のメンバーなのだろうか。宋一族のメンバーが警察官になったのだろうか。知れば知るほど、寿明は宋一族の組織力が恐ろしい。

「いったい明智松美術館に宋一族は何人、潜り込んでいる？」

警備員の大河原くんに小田くんに鈴木さん、と寿明は心の中で数えた。もしかしたら、まだほかにも何食わぬ顔で潜んでいるのかもしれない。

だが、獅童は明智松美術館に関し、明言は避けた。

「目星をつけた美術館には最低でもふたりは潜り込ませている」

「警備員が盗賊ならどんな警備も無駄だな」

寿明ががっくりと肩を落とすと、獅童は腹立たしそうに舌打ちをした。

「今回、楽勝だと思って油断した。館長は実家に戻ったとばかり思っていたんだ」

獅童がシニカルに口元を緩めると、それまで無言だった犬童がハンドルを右に切りながら初めて口を挟んだ。

「獅童、喋(しゃべ)りすぎだ」

「……ああ、一刻も早く、館長サンに宋一族の勉強をしてもらって、大仕事をしたいんだ。館長サンならエルミタージュやルーブルの交渉もできる」

サンクトペテルブルクのエルミタージュ美術館やパリのルーブル美術館は、言わずと知れた至上の美の宝庫だ。後世に伝えなければならない芸術を悪しき盗賊の手に渡してはならない。寿明は反論したいが、自制心によって口に出さなかった。

いつしか、車窓の向こう側には、見覚えのあるゴルフショップや社交ダンス教室、イタリアの高級車のショールームが見える。すでに見慣れたセレブタウンだ。

「次の仕事はこれを片づけてから……ここら辺でいいでしょう」

犬童は溜め息混じりにブレーキを踏み、獅童が車窓の向こう側を長い指で差した。

「館長、美術館の車寄せで降ろしてやりたいがヤバいだろ。ここで降りろ」

停車した場所は背の高い木々に覆われた広大な明智松公園の出入り口だ。明智松美術館はこの広い公園の一角にあり、出入り口から歩けば五分ぐらいで辿り着く。寿明は別れの挨拶もせず、車から降りる。

犬童は挨拶代わりのクラクションを二回鳴らした後、発車させた。あっという間に、宋一族の総帥を乗せた車は見えなくなる。

カキーン、と小学生が野球をしているグラウンドから金属バットの音が響いてきた。上品な老夫婦がトイプードルを散歩させ、ランニングシャツ姿の少年が正しい姿勢でランニングしている。いつもとなんら変わらない明智松公園だ。

夢だった。

ようやく悪い夢から覚めたのか、と寿明は芝生に挟まれた道を歩きだした。ズキリッ、という股関節に走る痛みで現実を実感する。

「……痛い」

心地よい季節、格好の散歩コースなのに、背中に重い十字架を背負わされ、腰に重い鉛をつけられ、足に枷をはめられたような感覚だ。胃がムカムカするが、下半身の怠さは喩えようがない。

あんなことをされたら当然だ、と寿明は絶不調の理由を思いつく。心の底から凄絶な屈辱感と羞恥心が湧き上がり、いてもたってもいられなくなった。

よくも僕にあんなことを。

僕を玩具か何かのように弄んだ。

あれは人のすることではない、と寿明は宋一族の総帥を心の中で罵倒する。撮られた動画を思いだした途端、この場で泣き叫びたくなった。折しも、菩提樹の下、ベビーカーの中では赤ん坊が盛大に泣いている。

「……赤ん坊はいい。泣いても許される……」

僕はいったい何を言っているんだ、と寿明は無意識のうちに自分の口から漏れた言葉に困惑した。

自分自身、号泣してもなんにもならないことはよく理解している。こうやって歩いている時も、宋一族の誰かにマークされていることはなんとなくわかった。コーギーを連れた初老の男性やゴールデンレトリバーを連れている中年女性、売店で今川焼きを買って食べている学生やソフトクリームを食べ終えた子供たちも、宋一族のメンバーに見えてくるから不思議だ。

売店や水飲み場がある大きな広場を越え、明智松美術館用の駐車場を越えれば、白亜の建物が視界に飛び込んでくる。茜色に染まった明智松美術館になんの異変も感じられない。

今さらながらに腕時計で時間を確かめれば、閉館時間はすでに回っていた。ただ、まだエントランスのロックはかかっていないはずだ。

寿明は少女の彫刻が飾られたエントランスから館内に入った。その途端、受付にいる女性スタッフが安堵したように胸を撫で下ろす。

「……館長……よかった……」

受付の女性スタッフの涙に戸惑っていると、ホールの階段から警備責任者の広瀬が物凄い勢いで降りてきた。

「……館長……よ、よかった、無事に帰ってきた」

ガシッ、と広瀬に肩を摑まれた衝撃で寿明はその場にへたり込みそうになったが、すんでのところで踏み留まる。

「広瀬さん、どうされました？」

「大河原の部屋を調べに行ったきりなんの連絡もないし、帰ってこないし……小田の奴から『何も摑めなかったから館長がショックを受けて、どこかに行った』っていう報告を受けたし……」

　吹き抜けが素晴らしいホールに広瀬の声がよく響き、ロッカーの裏やミュージアムショップからスタッフがわらわらと集まってくる。それぞれ、寿明の姿を確認すると、安堵の息を吐いた。

「……え？」

　寿明が驚愕で目を瞠ると、広瀬は哀愁を漂わせて言った。

「とうとう思い余って、富士の樹海に行っちまったのかと思った。よかった……無事でよかった……」

　どうやら、宋一族の小田の報告により、自殺したと思われたらしい。寿明はやるせなく首を振った。

「前にも言いましたが、自殺という責任の取り方はしません」

　逃げたりしない、と寿明は心の中で自分に言い聞かせる。

「館長、なんでもひとりで抱え込まず、俺にもふってください。今回の件、真っ先に責任を取らされるのは俺でしたよ」

　文部科学省であれ警視庁であれ一般企業であれ、責任を取るべき者が責任を取ろうとはしない。上の指示に従っただけの現場の者が責任を取らされるのだ。古今東西、トカゲの尻尾切りは星の数より多い。

「広瀬さんに責任を押しつけたりはしません」

「そんな上は初めてです。俺が警察を辞めた理由を聞いてくれますか？」

広瀬は言葉では言い表せないような哀愁を漲らせたが、今の寿明は昔話に耳を傾ける余裕はない。

「広瀬さん、その話はまた今度」

「居酒屋で一杯飲みながら」

「はい、居酒屋で一杯飲みながら」

「今度じゃなくて今夜だ。宮原さんを誘って一杯飲みましょう」

広瀬は何がなんでもさっさと宮原と寿明をまとめたいらしい。よっぽど寂しく見えるのだろう。

「宮原さんにはもっと相応しい相手がいます」

僕では彼女を幸せにできない、という寿明の切羽詰まった気持ちは届かなかった。

「宮原さんが気に入らないのか？　……じゃあ、受付のお姉ちゃんは？　胸は期待できないけれど美人だぜ」

広瀬は横目で受付にいる女性スタッフを眺めた。前館長からさんざんセクハラを受け、ノイローゼになったという清楚な佳人だ。

「今はそれどころではありません」

「お節介ババアじゃなくてお節介ジジイと罵られてもいい。強引にでも館長を結婚させて家庭を持たせたい。泡みたいに消えそうで怖くてたまらん」

「……泡？」

寿明がきょとんとした面持ちを浮かべると、広瀬は荒い鼻息で否定した。

「泡って言ってもソープ嬢の泡姫の泡じゃねぇ」

広瀬が独身の警備員たちを連れ、風俗店に繰りだしたのは知っている。寿明に咎めるつもりは毛頭ない。

「わかっています」

「……ほら、人魚姫みたいに泡になって消えそうな……そんな儚さがある」

「僕は儚いタイプではありませんから」

寿明が苦笑を漏らした時、エントランスの自動ドアが開き、筋骨隆々の若い男が入ってきた。大事そうに布に包まれた大きなものを抱えている。

「……え？」

寿明は目の錯覚だと思った。

「……へっ？」

広瀬は幻を見たような顔で、近づいてくる若い男を見つめている。受付の女性スタッフやミュージアムショップのスタッフ、若い警備員たちも一様に固まった。誰ひとりとして対処できない。

何せ、突然、大河原が現れたのだから。

「申し訳ありませんでした。お返ししますっ」

大河原は寿明と広瀬の前で深々と腰を折った。

一瞬、ホールは静まり返る。

もっとも、寿明がすぐに沈黙を破った。

「……き、き、君?」

寿明の瞼に宋一族の傲慢（ごうまん）な総帥が浮かぶ。

本物の大河原は亡くなったと聞いたばかりだ。今、目の前にいる大河原は誰なのだろう。

青い血が流れているとしか思えない獅童なのだろうか。

「館長、すみませんでした。金に目がくらんでつい、手を出してしまいました。やってからことの大きさにビビりました」

「……大河原くん?」

寿明が確かめるように聞くと、大河原は今にも倒れそうな顔で大事そうに持っていた大きなものを差しだした。外観から察するに絵画だ。

「お返しします」

大河原が差しだした大きなものの布を捲れば、夢にまで見たルーベンスの『花畑の聖母』が現れる。

「……っ」

贋作か、本物か。獅童は本物を返すと言ったけれど信じられない、と寿明は食い入るような目でボドリヤール伯爵家の家宝を凝視した。

ヨーロッパにおいて、ルネサンスの三大天才と同じように、ルーベンスの絵画も王侯貴族の権力や財力の象徴だ。国境を巡る戦争とともに美術品を巡る戦いも繰り返された。

「……根津教授に連絡を入れてください」

寿明が裏返った声で叫ぶや否や、広瀬の罵声が響き渡った。

「大河原、この馬鹿野郎ーっ」

広瀬が真っ赤な顔で、大河原を殴り飛ばす。

「……っ……広瀬さん、すみませんっ」

大河原は殴られた拍子に固い床に崩れ落ちる。すぐに体勢を立て直し、そのまま土下座で詫びた。

「……お前はそんなことをする奴じゃないって信じていた……みんな、お前を信じていたんだぞ……」

「すみませんでしたっ」

広瀬と大河原に気づき、二階の展示室や奥の事務室からもスタッフが集まってくる。警備員たちは泣きながら大河原に飛びついた。

担当の刑事が奇跡に遭遇したかのように、やってきたのは言うまでもない。

5

大河原が持ってきたルーベンスの『花畑の聖母』は本物だった。事情聴取にすんなり応じているという。

寿明はテレビドラマを観たような気分だ。けれど、すべて宋一族が仕組んだことだとわかっている。獅童が口にしていた言葉を今さらながらに嚙み締めた。

ボドリヤール伯爵の信頼を取り戻しても、寿明の気分はどんよりと重い。明智松美術館のスタッフもそれぞれ落ち込んでいた。

「館長、やりきれない」

広瀬が苦しそうに溜め息をつき、寿明も悲痛な面持ちで頷いた。

「広瀬さん、僕もです。辛い」

「……まさか……まさか、大河原が宮原さんに惚れていたとは……確かに、そんな素振りもあったけど……」

大河原が取調室で明かした経緯が、寿明のみならず広瀬の心を深く傷つけた。

なんでも、大河原が失恋のショックから立ち直った理由は、学芸員の宮原の存在だったという。年上の淑女に優しく接してもらい、大河原は舞い上がったらしい。もっとも、告白はできず、諦められず、ただ宮原に対する想いを募らせていたという。一月前、ひょんなことから宮原の見合い話の噂を聞き、大河原は焦燥感に駆られたらしい。

『……俺にはもうすでにオフクロもオヤジもいないし、金もないし、お嬢さんの宮原さんとはつり合わない。今の俺で宮原さんに交際を申し込んでも、無理だってことはわかりきっていました……学歴や育ちはどうしようもないけれど、金なら今からでもなんとかなる……それで……俺はルーベンスの絵を狙いました……』

　大河原は宮原に恋い焦がれるあまり、ルーベンスの名画を盗みだし、売った金でＩＴ関係の会社を設立する計画を立てたそうだ。

　もっとも、肝心の宮原には何も告げていない。実業家としての体裁が整ってから、十四歳年上の淑女に結婚を前提にした交際を申し込むつもりだったという。成り上がることを夢見たそうだ。

　宮原は担当刑事から大河原の動機を聞いて泣き崩れたという。彼女自身、若い警備員に好意を抱いていたらしい。

『……確かに大河原くんでしたら、蓼科の父母は反対すると思います。けれど、大河原くんがその気なら……私はそのままの大河原くんでよかったのに……だから、一月前に蓼科の両親にお見合いをセッティングされても、私は仕事を理由に帰省しませんでした。大河原くんのためなら勘当されてもよかったのに……私は大河原くんより十四歳も年上だから、女性として見てくれないものだとばかり思っていました……』

宮原の涙ながらの言葉に、担当刑事も広瀬もやるせなかったという。

当然、寿明の胸は言葉では言い表せないぐらい悪い。大河原の自白が真実ではないとわかっているからだ。

「……あの馬鹿……大河原の奴は努力する方向が間違っていたんだ。逆立ちしたって宮原さんとはつり合わない……だからって、絵を盗んだ金で起業しようなんて考えるとは……馬鹿だ……宮原さんっていうか宮原家に認めてもらいたかったんだな……」

広瀬はさんざん苦しんだのか、目の下にはひどいクマがあった。全身から醸しだす哀愁が尋常ではない。

「……驚きました」

よりによってそんな犯行動機にしたのか。

これでは宮原さんも気の毒だ。

どうせあの自白した大河原は獅童じゃないんだろう、と寿明は自首した大河原が宋一族の総帥ではないと目星をつけていた。

おそらく、宋一族の誰かが大河原に扮しているのだろう。依然として明智松美術館では、宋一族だという警備員の小田や鈴木が何食わぬ顔で働いていた。

「……ああ、一言でも相談してくれてたら……そりゃ、俺にはなんの力もないけれど、親代わりになって結婚式を挙げさせることぐらいはできた……」

「辛いです」

「……館長と宮原さんをくっつけようと思ったが、大河原を思うとできなくなった……すみません……」

広瀬は寿明と宮原をまとめようと躍起になっていたが、不器用な元部下に対する配慮で考えを改めたようだ。

「広瀬さん、僕のことはいっさいお気になさらず」

「……すみません。俺は宮原さんの気持ちも大河原の気持ちもわかってやれなかった……何もわかってやれなかったんだ……館長と宮原さんならお似合いだってはしゃいじまった……俺は馬鹿だ……」

まさか、獅童はこれを狙っていたのか？

獅童は僕に宮原さんを近づけたくなかったのか？

広瀬さんのこの様子なら僕にほかの女性も勧めない？

だから、こんな犯行理由にしたのか、と寿明は宋一族の摑（つか）み所のない総帥を脳裏に浮かべた。

「広瀬さん、そんなに自分を責めないでください」

「館長、俺は辛い。どうしたらいいのかわからないぐらい辛い」

寿明はがっくりとうなだれる広瀬の背中を優しく撫でた。獅童に勝るとも劣らない逞しい背中だ。

「僕も同じ気持ちです。辛い」

真実を告げられない自分が情けなかった。心の中で広瀬に詫びた。泣き続けているという宮原にも心の中で謝罪する。

宋一族が不気味でならない。ただ、これから裁かれる大河原に情けをかける必要はいっさいない。それだけは確かだ。

事実、受付スタッフから回された書類に目を通した後、中庭に向かって歩いていると、小田が警備員の顔でさりげなく声をかけてきた。

「館長、お疲れ様です」

警備員の挨拶を無視できず、寿明は晴天の下に広がる中庭に出ながら言葉を返した。

「お疲れ様です」

「ちょっといいですか？」

「少しならば」

寿明が色とりどりの花が咲き誇る花壇の前で立ち止まると、警備員はあっけらかんと言った。

「大河原を庇う必要はないっス」

「小田くん、元より庇う気はありません」

　小田という警備員に扮した犬童か、獅童か、と寿明は全神経を集中させるが、目の前に立つ若い警備員の正体は不明だ。

「それでＯＫ」

「犬童くん、大河原くんに服役させてもいいのか？」

　寿明が直感で宋一族の若いメンバーの名で呼びかけると、小田という名札をつけた警備員は楽しそうに目を細めた。

「ハズレ、獅童だ」

　宋一族のトップはそんなに暇なのか、と寿明は呆れてしまう。

「どうして君がわざわざここにいる？」

「館長が可愛いから」

「くだらない」

「広瀬に泣きつかれても館長は庇うな。祖父さんのツテも頼るんじゃねぇぜ」

　広瀬が警察官時代のコネを使って腕のいい弁護士を大河原につけたし、宮原も情状酌量を願って動いているという。大河原という男は美術館勤務として決してしてはならないことをしてしまったというのに。

「君は一族のメンバーを服役させたいのか？」

「アタリ。念のために、急遽大河原の顔に整形させた奴がコピーも終えたから使える」

「……整形？」

「エルミタージュから盗まれたルーベンスの三段腹女の行方を知っている奴がムショにいる。大河原に服役させて聞きださせる」

獅童はなんでもないことのように小田の声音で語ったが、寿明は瞬時に理解できなかった。

「……エルミタージュ美術館から盗まれたルーベンス？」

エルミタージュ美術館といえば、堂々たる大美術館のひとつだ。当時、新興国であった帝政ロシアのエカテリーナ二世が列強と肩を並べるため、金に飽かせて各国から美術品を買い漁った。

「ほら、ソビエト崩壊時にガタガタになったじゃん。何枚も贋作とすり替わっている」

かつて世界を二分した社会主義大国の崩壊時の混乱は、今さらレクチャーされるまでもない。武器や機密文書まで流出したと聞く。

「……その本物の行方を知っている男が日本の刑務所で服役しているのか？」

「日露ハーフの奴だ。たぶん、大河原も同じムショにブチ込まれるはずだぜ」

「同じ刑務所に収監されるように画策するのか？」

寿明が探るように尋ねると、獅童は口元を軽く緩めた。

「察しがよくて助かる」

「恐ろしい組織だな」

人材が豊富で潤沢な資金がなければ、そういった計画自体、立てられないだろう。宋一族の組織力には背筋が凍る。

「恐ろしい組織だとわかればいい。仲間になったらもう怖い組織じゃないさ」

俺に永遠の忠誠を誓ったことを忘れるな、と小田こと獅童の目は雄弁に語っている。獅童本人のような切れ長の目ではないが、その奥に光る鋭さは凄まじい。

「そうか」

「週末、琴晶飯店で広瀬や警備員たちを集めて飲み会をしろ」

獅童の指示を受け、寿明は思いきり戸惑った。今まで寿明がスタッフを誘って、飲み会を開催したことは一度もない。

「目的は？」

「広瀬を仲間にする」

広瀬さんを仲間に入れようとしているのなら、広瀬さんは宋一族とは無関係だな、よかった、と寿明は変なところで確信を持った。

「広瀬さんを仲間にしてどうする？」

「ラファエロ展を成功させるために必要だ」

「広瀬さんを仲間にしてラファエロ展が成功するとは思えない」

寿明が周囲に気を配りながら答えると、獅童は小田の顔でサラリと言った。

「だから、ラファエロ展でターゲットのすり替えを綺麗に成功させるため、広瀬が必要だ」

「そういうことか」

広瀬をいったいどのような手口で仲間に引き入れるのだろう。寿明の脳は想像することさえ拒否した。

「いいな。モタモタしている暇はねぇぜ」

「誘ってみよう」

「琴晶飯店の担々麺は不味い。汁なし担々麺も不味い。注文するな」

獅童に神妙な面持ちで言われたが、寿明は目を丸くした。

「担々麺？」

「広瀬は担々麺が好きだ。特に汁なし担々麺が好きだぜ。知らなかったのか？」

「君たちは広瀬さんの食の好みまで摑んでいるのか」

「ダイアナに迫られるな」

琴晶飯店のダイアナといえば、楊貴妃と称してもおかしくない美女だった。本物の大河原が人生を狂わせた運命の女だ。

「僕ではなく、ダイアナに注意してほしい」

「あいつは俺の後見人だ。そうそう注意を聞かない」

傲岸不遜な帝王も頭が上がらないのか、忌々しそうに頬を引き攣らせる。意外な一面に寿明は目を瞠った。

「ダイアナが君の後見人なのか？」

「ああ、叔父だからな」

一瞬、寿明は聞き間違えたと思った。

「……え？　叔父？　叔母だろう？」

寿明が怪訝な目を向けると、獅童は吐き捨てるように言った。

「あれは男だ」

「……男？」

確かに、ダイアナはハスキーボイスだったが、どうしたって牡丹のように華やかな美女が男だとは思えない。現代の発達した医学により、手術室で楊貴妃を作り上げたのだろうか。

「性転換手術はしていない」

「……手術もしていないのか」

「ダイアナを男だと見破る奴は滅多にいない」

「……あ、本物の大河原くんはダイアナさんが男だと知っていたのか？」

「本物の大河原は知らずに死んだから幸せだった」

獅童は小田の口調で言った後、礼儀正しく一礼した。そのまま小田の顔でさりげなく去っていく。背後から中年の事務員が近づいてきたことに気づいたからだろう。

「館長、文化庁からお電話です」

中年の事務員に呼ばれ、寿明は館長室に向かった。自制心により、宋一族に対する恐怖心は微塵も出さない。


寿明は生活しているマンションではなく、代議士である祖父が暮らしている緒形本家に向かった。お妃候補が何人も暮らしていたという瀟洒な一等地に建つ威風堂々とした日本家屋だ。予め連絡を入れていたから、祖父は多忙にも拘わらず、祖母とともに待っていた。昔から意外なくらい孫には甘い。

「お祖父ちゃん、一生のお願いを聞いてください」

寿明は桐の卓に用意された茶菓子に手もつけず、祖父に向かって深々と頭を下げた。もっとも、呼び名は昔のままだ。

「寿明や、今まで一度もわしに昇進のお願いをしなかったお前がどんなお願いだい?」

兄や父、叔父や従兄弟など、熾烈な出世競争に勝つため、ことあるごとに祖父の力を借りている。おしなべて、緒形家の男は貪欲だ。

「今すぐ明智松美術館を退職したい」

「盗まれたルーベンスは戻った。寿明が気に病むことではないよ。第一、ボドリヤール伯爵からわしに礼が届いたぞ」

「今、理由は明かせませんが別件です。今から三日間、僕は原因不明の病気で休みますからここに置いてください。そのまま退職に持ち込ませてください」

ここで僕が原因不明の病に倒れたことにしてほしい、と寿明は祖父だけでなく祖母にも頼み込んだ。

祖母は豆鉄砲を食らった鳩のような顔で胸を押さえている。

「寿明、わしは驚いておる」

祖父は深い皺が刻まれた手で、温かい玉露が注がれた萩焼の湯飲みを持った。ゴクリ、と一口飲む。

「僕にはお祖父ちゃんしか頼る人がいません。お願いします」

宋一族相手では順当な手続きを取って退職している余裕がない。寿明は言いようのない焦燥感に駆られた。

「誰かに新しいポストを打診されたのかい？」

「お祖父ちゃん、何も聞かずに力を貸してほしい」

社会人としてあるまじき辞め方をしても、宮原などの有能なスタッフがいるから混乱しないと踏んだ。引き継ぎは無用だ。

「美術館の仕事が楽しそうだと、お母さんから聞いたよ。ボドリヤール伯爵も誇りを持って仕事をしているから、本来は貸し出し禁止の家宝を貸したと言っておった。退職して後悔しないのかい？」

「後悔しない」

「……そういえば、昔からお前は天使みたいに可愛いのに、頑固だった。素直じゃなかったな」

祖父がどこか遠い目で言うと、祖母も同意するように相槌を打った。人間国宝の筆による掛け軸が揺れたような気がしないでもない。

「僕、切腹したくないから」

「いったい何があったのか……その分じゃ、聞いても答えないな……せめて十日、うちにいてお祖母ちゃんの相手をせい」

自分の意志で祖父の力を借りるのは、これが最初で最後だろう。思い詰めた顔に思うところがあったのか、祖父は権力を使ってくれた。結果、寿明は明智松美術館を退職することができた。

おそらく、スタッフは一様に驚愕(きょうがく)している。広瀬や宮原など、一言の挨拶もできずに去るのは心苦しいが仕方がない。

そうして、祖父が指定した日まで広い庭を持つ緒形本家で過ごす。祖母から見合いを勧められたが、のらりくらりと躱(かわ)した。

忍んでくるかと身構えていたが、宋一族の気配はどこにもない。住み込みの家政婦も通いの家政婦も祖父の秘書も後援会長も昔馴染(むかしなじ)みだ。

前日から降っていた雨が上がった日、寿明は明智松美術館を正式に退職した。マンションの荷物はすでに業者によって、鬼怒川温泉(きぬがわおんせん)にある祖父の別荘に運ばせている。寂しさとやるせなさでいっぱいになるが、泣いたりはしない。後悔と悔しさを深淵(しんえん)に沈め、高い塀に囲まれた緒形本家を後にした。よくよく考えてみれば、こうやって外を歩くのは久しぶりだ。

最寄り駅に向かって大邸宅が建ち並ぶ通りを歩いていると、背後から軽薄な口調で声をかけられた。

「可愛いお嬢さんにしか見えない可愛いオヤジニート、どこに行く?」

振り返らなくてもわかる。

寿明はいっさい無視して足早に進んだが、強引に肩を抱かれてしまった。振(ふ)り解(ほど)きたく

ても振り解けない。

「館長、これはいったいどういうことだ？」

獅童は誰にも変装せず、美麗な素顔を晒していた。高級感が漂うスーツを自然体で着こなし、スパイシーなコロンを漂わせている。

「もう館長じゃない」

寿明が掠れた声で言うと、獅童の目がきつく細められた。

「退職しろ、なんて俺は言わなかったぜ」

「そうだな」

「寿明クン、俺の命令を忘れたのか？」

命令、という獅童のイントネーションが意味深だ。呼応するかのように、街路樹がざわめいた。

「君の命令を聞く必要はない」

「俺に永遠の忠誠を誓ったのは誰だ？」

これにクーリングオフは使えないぜ、と獅童は耳元に甘く囁くように言った。ペロリ、と耳朶を舐められて、寿明は端整な顔を派手に歪ませる。

「……まず、手を離せ」

「寿明、お前に俺は拒めない。わかっているな？」

さらに肩を抱き寄せられ、寿明は下肢に力を入れた。このままどこかに連れ込まれないように注意する。車道では銀色のキャデラックや黄色のポルシェが走り、前方からはダックスフントを連れた品のいい女性が歩いてきた。

「動画のことを言っているのか？」

「可愛い寿明のえっちな姿を世界に発信したくない」

あの動画をアップするぜ、と宋一族の総帥は言外で脅している。寿明の肩を掴む手に喩えようのない圧力が入った。

「好きにしろ」

寿明は真っ直ぐな目で言い切った。

「世界に発信していいのか？」

獅童は仰天したらしく、切れ長の目を見開いた。ブランデーを垂らしたような瞳が零れ落ちそうだ。

「構わない」

少し見ただけでも、動画の自分の痴態はひどかった。恥も外聞もなく泣き叫ぶ自分を消してしまいたい。公にされたら生きていけない。本来、公にされないように手を打たなければならない。それでも、覚悟を決めた。

「お祖父サンは辞職だぜ。お兄サンもお父サンも一族郎党、み～んな不幸になるぜ。

従姉妹(いとこ)の縁談はことごとく破談になる。官房長官の息子と縁談が進んでいる従妹に恨まれるぜ」

無慈悲な帝王に今さら言われるまでもなく、自分の失態が緒形一族の失墜に繋(つな)がることはわかっている。母方の親戚(しんせき)にも多大なる迷惑をかけるだろう。

「そんな脅しに屈しない」

「脅しじゃない」

「好きにすればいい」

寿明はいっさい迷わず、きっぱりとした声音で言った。整備された歩道を足早に進む。

「死ぬ気か？」

獅童は寿明の並々ならぬ覚悟に気づいたらしく、馬鹿にしたようにふっと鼻で笑った。

「犯罪に加担してまで生きようとは思わない」

最初から宋一族の手下になるつもりはなかった。命にかけて、ボドリヤール伯爵家の家宝を取り戻したかったのだ。そのため、獅童の口車に乗った。

「死んでも、動画は永遠だぜ」

「何度も言わせるな。好きにすればいい」

お母さん、お父さん、お兄さん、お祖父ちゃん、お祖母ちゃん、ごめんなさい、と寿明は心の中で何度目かわからない謝罪をした。

「そんなに馬鹿だとは思わなかった」

「返却されたルーベンスの『花畑の聖母』は本物だった。それだけは礼を言う」

大河原に扮した宋一族の男が、贋作を持ってきてもおかしくはなかった。覚悟していたが、本物だった。自分の心を偽り、獅童に従ったふりをした甲斐があったのだ。もっとも、感謝したのも束の間、寿明は我に返った。

「……いや、礼を言う必要はないな」

寿明は溜め息をつきながら首を振った。九龍の大盗賊の頭目は、感謝を捧げてはいけない相手だ。

「お前の人生終わりだぜ」

獅童は地を這うような低い声で、寿明の未来を口にした。

それこそ、宋一族の力を以てすれば、駅前の複合型商業施設の大型スクリーンに、寿明のあられもない動画が流されるかもしれない。家電売り場のテレビ画面もすべて寿明の痴態になるだろう。

「君の仲間になるよりいい」

寿明は駅ビルに続く横断歩道の前で宣言した。宋一族の一味になるぐらいなら人生を終わらせる、と。

「もう一度、俺の目を見て言え」

神々しいまでの美青年に尊大な声で言われ、寿明は挑むような目で睨み返した。

ちょうど、すぐそばに交番がある。中年の警察官が待機しているから、この場で拉致されることはないだろう。

「よく聞きなさい」

寿明は一呼吸置いてから、きつい声音で断言した。

「君の仲間になるぐらいなら死ぬ」

一瞬、ふたりの間に沈黙が走る。

お互いの瞳にはお互いしか映っていない。

駅前の喧噪が嘘のようだ。

横断歩道の信号が青に変わった時、獅童の薄い唇が動いた。

「勃った」

傲岸不遜な美形が何を言ったのか、寿明は即座には理解できなかった。

「……え？」

寿明が裏返った声で聞き返すと、獅童は自分の下肢を差した。

「勃たせやがった」

「……えっ？　えぇーっ？」

理解した瞬間、寿明は反射的に目と鼻の先にあった交番に飛び込んだ。

「……た、助けてください。不審者に追われています」

寿明が荒い呼吸で縋ると、中年の警察官は生欠伸を嚙み殺しつつ、のっそりと椅子から立ち上がった。

「……不審者？　男ですか？」

「はい、おかしな男です」

寿明は人差し指で交番の外を差した。獅童は交番の前で茶化すように投げキッスを飛ばしてくる。見ようによっては、正真正銘の不審者だ。

「おやおや、痴話喧嘩かね？」

中年の警察官は寿明と獅童をカップルだと思ったらしい。獅童がウインクを飛ばしても、真顔で眺めている。

「違いますっ」

「今、男同士のカップルも珍しくないからね」

「違います。不審者です。逮捕してくださいっ」

寿明が必死になって力むと、中年の警察官の声がガラリと変わった。

「やっぱり、ハリネズミカスタード饅頭みたいだね。目はタピオカだ」

聞き覚えのあるハスキーボイスと比喩表現だ。今まで寿明を『ハリネズミカスタード饅頭』や『タピオカ』に喩えた人物はひとりしかいない。

「……え？」

寿明が驚愕で下肢を震わせると、中年の警察官は大袈裟に肩を竦めた。

「可愛い坊や、裏切られるとは思わなかった」

どこからどう見ても、垢抜けない警察官にしか見えない。ひげ剃り後の濃さやほんのり漂う加齢臭も中年男そのものだ。

けれど、違う。

寿明の脳裏に宋一族の総帥の後見人だという琴晶飯店の美女が浮かんだ。……否、男だと聞いた。

「……っ……ま……ま、まさか、琴晶飯店のダイアナ？」

寿明がやっとのことで声を出すと、中年の警察官はニヤリと笑った。

「今日は派出所勤務のベテランだ」

果たせるかな、交番勤務の警察官は宋一族のメンバーだった。それも獅童の叔父であるダイアナだ。

「……っ」

「やっと会えたね」

「……うっ」

寿明は物凄い勢いで派出所から飛びだした。

目の前に獅童が笑いながら立っているが、全速力で通り過ぎる。場所柄、弁えているのか、獅童も追ってはこなかった。

「獅童、ナメすぎたな」

ダイアナが低い声で指摘すると、獅童は忌々しそうに前髪を搔き上げた。

「……ああ、あれで言いなりになると思っていた」

「動画をアップしたら自殺するぜ」

「わかっている」

「始末するか？」

「……待て」

「まったく、すり替えがバレた時点で、手を引けばよかったのに」

「うるせえ。何度も言わせるな。この仕事は俺がやる」

「その拘る理由は、可愛い館長か？」

「黙れ」

もちろん、宋一族の若き総師と大幹部の会話を寿明は知る由もない。人で溢れている駅の構内に向かってひた走った。

6

中年の警察官がダイアナだったというショックは大きかった。

一度も振り返らずに、寿明は電車に飛び乗る。そのまま電車を乗り継ぎ、茜色に染まった日光市の鬼怒川温泉に辿り着いた。祖父が所有している別荘に誰もいないことを確認し、ようやく一息つく。

疲れ果てて、その場で寝てしまった。

翌日は一度も外出せず、広々とした緒形家別荘で過ごす。東京の荷物を予め送っていたから不便さは感じない。食事は出前ですませ、一日中、インターネットを探る。今のところ、動画はアップされていない。

そんな引きこもったままの日々が続く。

逃げるようにして鬼怒川に来て、どれくらい経っただろう。早くも曜日の感覚がない。

その時が来たら、手首を切って死ぬつもりだ。すでに推敲に推敲を重ねた遺書を書き終えていた。

「宋一族のことだから僕をマークしているはずだ……けど、何もない。ひょっとして、脅しだったのか？　館長でない僕は利用価値がないのは確かだ……」

寿明は別荘の周りに設置した防犯カメラのモニター画面をチェックした。不審人物どころか、人通りが少ない。祖父が別荘を構えた時は賑わっていたらしいが、鬼怒川温泉は廃れる一方だ。もっとも、一時より客足が戻ってきたという話は聞いている。

母から何度も電話があったが、例によってすべて無視する。ただ、祖母からの電話には応対した。

『寿明くん、今まで頑張りすぎたのね。温泉に浸かってゆっくりすればいいわ。英気を養ってから戻っていらっしゃい』

「お祖母ちゃん、ありがとう。よく考えてみれば、こんなに時間があるのは初めてだ」

今さらながらに勉強や仕事に追い立てられていた人生だったと振り返る。何もしなくてもいい日々は新鮮だが退屈だった。結局、貧乏性なのかもしれない。

『寿明くんのことだからそのうちに、お勉強かお仕事をしだすわ。次は無理しなくてもいいお仕事にしましょうね。お祖父ちゃんのお仕事を手伝うのはどう？』

「僕に代議士の秘書は無理だ」

『後援会長は寿明くんを買っているのよ。アイドルみたいに可愛すぎるのも今の御時世では戦力になる、って……ほら、寿明くんとそっくりのアイドルの純くんってすごい人気なんでしょう？』

「……僕の再就職の話はまた……その時になったら相談するから……とりあえず、お母さんを宥めておいてほしい。うるさい」

寿明は祖母との電話を終わらせ、大きな溜め息をついた。

再就職について、あれこれ悩む必要はない。動画がアップされたら手首を切る。その覚悟は決めた。なのに、動画がアップされない。だからといって、安心はできない。今すぐ、動画がアップされる前に手首を切るべきか。その方が被害が大きくならないか。なんにせよ、いつでも手首を切る覚悟はできている。

「……何もしなくてもいいっていうのも暇だ……勉強でもするか……って、僕は馬鹿か、する必要はないいんだ……」

自分でもわけがわからないが、寿明はあまりにもすることがなくて、インターネットで宋一族について調べた。

予想した通り、九龍の大盗賊に関する情報はいっさい上がってこない。ただ、アジア最大の魔窟のデータは残っていた。売春に人身売買に臓器売買に賭博に麻薬に違法手術に殺人、ありとあらゆる犯罪のマーケットだ。

「……あ、廃業した温泉ホテルにどこか似ている……」

戦後最大の不況は鬼怒川温泉も直撃し、老舗の温泉ホテルや温泉旅館も廃業に追い込まれていた。中には廃墟と化した宿泊施設があり、鬼怒川の景観を著しく損ねているのだ。所有者が行方不明で行政も手が出せず、途方に暮れていた。

「……いや、九龍のほうがひどい……この建物の建て方はどうなっているんだ？」

在りし日の魔窟をネットで見ているうちに日が暮れる。学生時代の長期休暇であれ、官僚時代の年末年始の休暇であれ、こんな日は一日もなかった。

翌日にしてもそうだ。

もっとも、青い空が果てしなく広がった翌朝、ゴミを捨てるためにすぐそばのゴミ捨て場に行く。大都会とは違って空気が澄み、優しい風が心地よい。付近に人は見当たらず、野良猫が気持ちよさそうに日向ぼっこをしている。寿明を見ても逃げたりしない。

ゴミを捨てた時、白いセンチュリーが猛スピードで走ってきた。

宋一族か、と寿明は瞬時に別荘の門に向かって走る。

しかし、車のほうが早かった。しっとりした和の情緒が漂う温泉郷に、耳障りな急ブレーキの音が響き渡る。

「寿明さん、鬼怒川にいるならどうして挨拶に来ない？　寿明さんの小遣いならタクシーで楽に来られるよな？」

急停車した車から降りたのは、予想だにしていなかった人物だった。日光の高徳護国流宗主の長男である高徳護国晴信だ。一点の曇りもない爽やかな剣士であり、寿明より若いが、心から尊敬していた。

「……次期殿？　失礼しました。申し訳ありません」

寿明が慌ててお辞儀をすると、晴信は不服そうに男らしい眉を顰めた。その手には雄々しい剣士に似合わないピンク系の花束がある。

「身体を壊して療養中だと聞いた。いくら待っても挨拶に来ないから見舞いに来た」

晴信にピンク系の花束を差しだされ、寿明は戸惑いながら受け取った。

「ありがとうございます」

「痩せたか？」

「ご心配をかけて申し訳ありませんでした」

寿明はピンク系の花束を手にしたまま、深々と頭を下げた。おそらく、母か祖母が高徳護国家に連絡を入れたに違いない。

「回復したんだな？」

「はい」

「親父や師範連中も会いたがっている。東照宮にお参りもしていないだろう。行くぜ」

晴信に乗車するように促されるや否や、運転席や後部座席から屈強な剣士たちが降りてくる。次期宗主の側近たちだ。

「いずれ、ご挨拶に伺わせていただきます。次期殿の奥様にもお会いしたい」

寿明は車から一歩下がり、晴信や側近たちに向かって一礼した。今後のことを考えれば、できるだけ関わりたくない。下手をしたら、誇り高き高徳護国流も巻き込んでしまう。

「俺は独身だ」

晴信に鬼のような顔で否定され、寿明は面食らってしまう。ようやく正道の従姉と結婚したと、強硬に見合いを勧める母親から聞いたからだ。

「次期殿は奥様をもらわれたと聞きました」

晴信の妻になった女性は評判の才色兼備で、宗主夫妻に可愛がられ、門人たちに慕われていると聞いた。

「年上の寿明さんをさしおいて、俺が嫁をもらうわけにはいかない」

「僕を年上なんて思っていないくせに」

寿明が苦笑を漏らすと、晴信は真っ青な空のような笑みを浮かべた。

「相変わらず、年上に見えない。老けないな」

晴信の意見に同意するように、壁と化している屈強な側近たちも大きく頷いた。馬鹿にしている気配はない。

「次期殿も相変わらず、結婚から逃げ回っているのですか？」

宗主夫妻や門人たちにとって最大の頭痛の種は、次期宗主の結婚拒否だった。晴信は家出した異母弟に家督を譲ろうとしていたのだ。今でも性懲りもなく、非の打ち所のない淑女を拒んでいるのだろうか。

「俺の話じゃなくてお前の話だ。今、無職なんだな？」

「……はい」

「鬼怒川のゆけむり美術館の館長になれ」

一瞬、晴信に何を言われたのかわからず、寿明は怪訝な顔で聞き返した。

「……は？」

「おめでたで休職中がふたり、娘の入院で水戸に行って休職中がひとり、交通事故で全治三カ月がふたり、館長が痛風で入院した。人手が足りない」

長閑な温泉街の美術館にいったい何があったのだろう。状況を説明する晴信も、傍らにいる側近たちも、いつになく顔色が悪い。どんな試合でも怯えなかった勇猛果敢な剣士たちなのに。

「僕には無理です」

「東京で大きな美術館の館長だったのは誰だ？　優秀だったと聞いたぞ」

「買い被り過ぎです」

寿明が険しい顔つきで否定すると、晴信は切々とした調子で言った。

「館長になった途端、日常業務をこなしながら猛勉強して学芸員の資格を取得したって聞いた。さすがだ。高徳護国流にそんなに勉強に励む剣士は滅多にいない」

「必要に迫られました」

だいたい館長は学芸員の資格を取得しているという。だが、寿明の前任者やその前など、代々、出向でやってきた館長は学芸員の資格を所持していないと聞いた。誰に求められたわけではないが、寿明は自分の意志で睡眠時間を削って勉強して、有給休暇も駆使し、学芸員の試験に合格したのだ。明智松美術館のスタッフたちは驚いていた。

「それでも、出向館長はわざわざ学芸員の資格を取ったりしない。仕事もしない。セクハラとパワハラに勤しみ、老害を撒き散らす。寿明さんはたいしたもんだ。そういうわけだから、館長を頼む」

いったい誰に何をどのように聞いたのだろう。いつになく、晴信は鬼気迫る勢いで熱弁を振るう。

「お断りします」

「俺のことを次期殿と呼ぶなら、俺のお願いを断るな」

「それとこれとはべつです。僕には無理です」

寿明が呆れ顔で拒むと、晴信は腹立たしそうに腕を組んだ。

「理由を言え」

「次期殿、母か祖母から何か聞きましたか？」

「……カンがいいな。お祖母さんから話を聞いた時、ちょうどゆけむり美術館の存続危機の話題で持ちきりだったんだ。知っての通り、俺の周りは全員、子供の絵とモナリザの違いがわからん。その場にいた奴らに頼み込まれた」

　晴信があっさり内情を告げると、傍らにいた側近たちが深々と頭を下げた。目尻に傷がある側近は、神仏を拝むかのように両手を合わせている。

「ほかを当たってください」

　危険、と寿明の目前に赤信号が点滅するが、どうしたって逃げられない。歴戦の剣士たちは壁そのものだ。

「今、学芸員資格を持っている奴がひとりもいない」

「募集すればいくらでも集まる」

　芸術をこよなく愛し、学芸員を目指して大学で資格を取得しても、ポストがないのが現情だ。寿明は館長時代に学芸員として働きたくても働くことができなかった逸材を何人も知った。

「日光に関係ある奴がいい。それも館長は高徳護国流の関係者がいいという総意だ」

「今すぐ募集をかけてください」

「痛風で入院した館長はお前と仲のよかった直人さんの叔父だ。直人さんの叔父なら寿明さんの叔父みたいなものだ。退院するまで代理を務めろ」

　突如として、次期宗主の口から寿明の剣道仲間の名が飛びだす。直人の叔父が鬼怒川で暮らしていることは知っていた。

「無茶苦茶な論理です」

「寿明さん、行くぞ」

ガシッ、と晴信に肩を摑まれ、寿明は青い顔で異議を唱えた。

「次期殿、強引にもほどがある」

「死相が出ている奴をほっておけるかっ」

晴信の爽やかに整った顔が陰り、凄絶な迫力を醸しだす。一瞬にして、どこまでも澄み渡る青空に暗雲が立ちこめたようだ。

「……死相？」

「頭のいい奴は暇だとロクなことを考えねぇーっ」

晴信によって凄まじい雷が落ちた。

ガシッ、と問答無用の晴信に荷物のように抱えられ、白いセンチュリーの後部座席に放り込まれる。

「……は、放してくださいっ」

「可愛いインテリ、舌を嚙むから黙れ」

「次期殿、横暴ですーっ」

予想していた宋一族に拉致されず、尊敬していた次期宗主に拉致されてしまった。目尻に傷のある側近がハンドルを握る車で、寿明はあっという間に豊かな緑に囲まれた美術館に連れていかれる。土地柄、とても広い。東京で勤めていた明智松美術館も広大な公園の一角にあったから自然に覆われていたが、まったくもってムードが違った。あちらは人の手によって整備された自然であり、こちらは手つかずの雄大な自然だ。外観からして、よくも悪くもほんわりとした美術館である。隣には温泉地情緒が溢れる蕎麦屋があった。店前に並べられた鬼たちの像が愛らしい。

「寿明さん、降りろ」

晴信に勝ち誇ったように言われ、寿明は潤んだ目で言い返した。

「次期殿、こんなに強引でしたっけ？」

「寿明さんから死相が消えたら詫びる」

どんな理由があるのか知らないが死なせないぜ、と高徳護国流の歴史を背負う剣士は暗に匂わせた。

「……死相は気のせいです」

「気のせいだったら、蕎麦を好きなだけ奢ってやる」

「蕎麦は出前で食べ飽きました」

鬼怒川に来て以来、寿明の食事は昔馴染みの蕎麦屋の出前だ。絶品の蕎麦でも食べ続けたら飽きる。

「湯葉料理を奢ってやる」

日光名物は言わずと知れた湯葉料理だし、昨今、チーズケーキにも力を入れていた。母や祖母のお気に入りはクラシックホテルのものだ。晴信の新妻も好みだと聞いている。

「奥様がお好きだというチーズケーキを次期殿と奥様と一緒にいただきたい」

「俺とふたりで食おう」

「男ふたりでホテルのラウンジでチーズケーキを食べてどうするんですか」

「なんでもいいからさっさと降りろ。花が気に入らなかったら、芸術だっていう絵と一緒に飾れ」

「次期殿、花などの生物は禁止です」

美術品の大敵のひとつは湿気であり、生花の持ち込みは禁止だ。前の職場では事務室や併設しているカフェなど、美術品と無関係のところは許されていた。

「なんだ、それは？」

「湿度は四十八パーセント～五十五パーセント、温度は十八度～二十六度の維持……」

寿明の切々とした言葉を晴信はドヤ顔で遮った。

「俺がそんなこと、わかるわけないだろ。任せたぜ」

帰りも送ってやるから花は車に置いておけ、と晴信に腕力を行使された。もはや、抗えない。

後部座席から降りた途端、寿明は我が目を疑った。自動ドアの正面玄関から茶トラの猫が堂々と入っていく。

「……え？　猫？　どうして猫で自動ドアが開く？」

寿明が素っ頓狂な声を上げると、晴信は頭を掻いた。

「あいつ、自動ドアをよく理解していやがる。なんか、ここの自動ドアは傘でも開くらしい」

「自動ドアのセンサーの故障ですか？」

「さあ？　あいつ、チケット代を払わないらしい」

「……そ、そりゃあ、猫です」

「常連だってさ」

「猫が常連？」

初老の警備員が茶トラの猫を抱いて自動ドアから出てきた。何か諭すように言いながら車寄せを進み、広々とした野原に向かって猫を置いた。

バイバイ、とばかりに初老の警備員は茶トラの猫に向かって手を振った。しかし。茶トラの猫は物凄い勢いで正面玄関に戻る。

「……お客様、入館禁止ですぞっ」

初老の警備員は慌てて追いかけ、館内に入る寸前、茶トラの猫を捕獲する。だが、茶トラの猫は抵抗した。にゃーっ、ふぎゃーっ、と。

「お客様、チケットをお求めください。チケットをお持ちでなければ、お入れすることはできませんっ」

正面玄関の前では初老の警備員と茶トラの猫の攻防戦が続く。あまりにあまりな光景に、寿明は言葉が見つからない。

「ここが今日から寿明の職場だ」

「……次期殿」

「警備員の桑田さんは高徳護国流で修業した警察ＯＢだ。信用していいぜ。あの通り、相手が何者であれ、礼節を忘れない」

晴信は茶トラの猫と死闘を繰り広げる往年の剣士を誇らしそうに紹介した。

「……猫に礼節ですか」

寿明は呆然としたが、晴信や側近たちとともに正面玄関から館内に入った。閉館中のように、真っ暗でしんと静まり返っている。

「次期殿、閉館中ですか？」

造り自体は素朴だが、開放的な吹き抜けはやけに広い。どうやら、鬼怒川出身の著名な画家による寄贈や篤志家の寄付で設立された美術館のようだ。日光や奥日光に縁のある芸術家たちの寄贈も多い。高徳護国家からは先祖代々伝わる名刀や甲冑など、数点、寄贈されている。この美術館は芸術家の善意による寄贈で成り立っているようだ。

「絶賛発売中じゃなくて、開館中だ」

「電気もついていません」

美術品を劣化させないため、強い光は御法度だが、エントランスの暗さには困惑する。

寿明は受付の壁に飾られている龍神や天女が舞う華厳滝の大きな油絵を眺めた。躍動感が溢れる構図や、陶酔を連想させる情熱的なエネルギーが迸る筆致、過剰な色彩はルーベンスの影響を受けているような気がしないでもない。特に天女の生々しいまでの柔肌や豊満さは、空前絶後の栄華を築いた巨匠の筆そのものだ。

「節電中」

「スタッフがひとりも見当たらない?」

「……ほら、桑田さん、紹介しただろう。常連の相手をしている」

晴信は正面玄関の前で茶トラの猫と格闘している初老の警備員を差した。屈強な側近たちは加勢せず、したり顔で見守っている。

「スタッフはあの警備員さんだけですか?」

「もうひとり、受付兼事務員兼清掃スタッフ兼ミュージアムショップ兼ミュージアムカフェのスタッフがいる。裕子さんだ」

「……その裕子さんが受付と事務と掃除とミュージアムショップとカフェをひとりで兼業しているのですか?」

　寿明は二階の展示室に続く階段の前で、周囲をぐるりと見回した。いくら入館者数が少なくてもひとりでは無理ではないのだろうか。

「団体客が来なかったらひとりで充分らしい」

「そうですか」

「一時、鬼怒川は寂しくなったが、ここ最近、また盛り返してきたんだ」

「国内外に向け、鬼怒川温泉のアピールをしましょう」

　東京の奥座敷という異名を取るように、鬼怒川は首都圏から日帰りで足を伸ばせる格好の温泉地だ。湯自体がいいし、食事も美味しい。少し足を伸ばせば、東武ワールドスクウェアや日光江戸村などの娯楽施設もあるし、日光東照宮もある。的確に宣伝すれば、集客は望めると踏んでいた。

「だから、その広報もやってくれ。俺たちはどう宣伝すればいいのか、まったくわからない」

「次期殿や高弟たちがどんなに話し合ってもいいアイディアは出ません。即刻、人材を募集してください」

「その人材募集からやってくれ。痛風の館長はこの入院を機に隠居したがっている。頼んだぜ」

「次期殿、横暴にもほどがある」

寿明が険しい顔つきで非難した時、セミロングヘアの溌剌とした美女がひょっこりと現れた。ゆけむり美術館のロゴが入ったエプロンを身につけている。

「……あら～っ、次期様じゃないの。今日は逞しいお兄ちゃんじゃなくて可愛い女の子を連れているのね」

「裕子さん、可愛いけれど女じゃない。新しい館長だ」

晴信は苦笑いを浮かべ、否定するように手を振った。裕子と呼んだ若い美女と仲がいいらしい。

「あ～っ、女の子より可愛いのに剣道が強くて、日本で一番頭のいい大学を卒業して、学芸員の資格を持っていて、英語もできて、ピアノも弾けて、習字も段持ちで、東京で家賃の高いところのお洒落な美術館の館長をしていた緒形寿明さん？」

いったいどんな寿明の噂を聞いていたのか、裕子の目はらんらんと輝いた。今にもその場で飛び跳ねそうだ。

「そうそう、裕子さん、俺たちの名前を間違えるのに、よく覚えていたな」

晴信が感心したように手を叩くと、裕子はその場でぴょんっ、と元気よく跳ねた。

「そんなの、心待ちにしていたもの。あっくんとかっちゃんがデート中にいろは坂で事故を起こして入院するわ、さっちゃんの娘さんが入院するわ、挙げ句の果てには館長の痛風までひどくなるわ……よかったわ～っ、今日は団体バスのお客さんが立ち寄る予定なのよ。間に合った」

館長、頼みました、と裕子は猪のように寿明に向かって突進した。むんずっ、と腕を摑んで離さない。

当然、寿明は思いきり動揺した。

「……団体バスのお客さん？」

経験上、寿明はいやな予感しかしない。

「日本語が通じないお客さんだから困るの。パンを食べながら展示室に入ろうとしたり、撮影禁止なのにフラッシュ付きで撮影しようとしたり、お約束みたいにトイレを詰まらせたり、もう本当に大変なの。断りたいけれど、貧乏美術館だから断れないのっ」

裕子が柳眉を吊り上げて詰る団体客には、寿明もいやというぐらい心当たりがあった。

「今日ですか？」

「そうよ。そろそろ来るから電気をつけなきゃ……あ、館長、受付と見張り役、どっちがいいですか？」

裕子に新しいエプロンを差しだされ、寿明は顎を外しかけた。

「……え？」

「見張り役、お願いできますか？」

「僕には無理です」

寿明が呆然と立ち尽くすと、裕子にエプロンを着けられてしまう。目にも留まらぬ早業だ。

「じゃあ、受付にいてください。受付が終わったら、そっちのショップやカフェに移動して応対してください」

裕子は受付の奥にあるミュージアムショップを指で差した。こぢんまりとしたショップの隣はカフェだ。

「僕にショップやカフェのスタッフは無理です」

「頭がいいから計算ぐらいできるでしょう。カフェメニューはチンするだけですみます……あ、観光バスが停まった？　館長、受付に立ってください。次期様も逞しいお兄ちゃんたちも私のそばにいて、お客さんたちが悪さをしないように見張ってください。こうでもしないと、自動ドアや窓の修理費どころか光熱費も払えないんですーっ」

裕子の切羽詰まった絶叫に、逆らえる者はひとりもいなかった。

すなわち、言われるがまま、寿明は受付に立つ。傍らには鬼怒川温泉のシンボルである鬼のブロンズ像がある。

「館長、頼んだぜ。俺たちもこの美術館を守りたいんだ」

晴信や側近たちは滑稽すぎるぐらい似合わない美術館のエプロンを身につける。この場に長老たちがいたら止められていただろう。寿明にしても止めたかったが、どうしたって止められない。

それからは戦争と言っても過言ではない状態だった。裕子が金切り声をあげ、ツアーコンダクターに注意した。ツアーコンダクターやガイドは団体観光客に注意してくれたが、誰ひとり聞いていない。晴信や側近たちが英語で注意するが、まったく通じなかった。

そうこうしているうちに、ショップに観光客が集まりだす。ゆけむり美術館オリジナルのクリアファイルやメモ、タオルやてぬぐいを大量に買った。

「……これ全部ですか？　……じゃない、ＯＫ？」

ここで爆買い、と寿明は戸惑いながらも接客する。一応美術館だと理解しているのか、値切ろうとする観光客はひとりもいない。

隣接しているセルフサービスのカフェにも観光客が押しかけたが、寿明はショップの対応だけで手一杯だ。何より、カフェ業務に従事したことは一度もない。結果、カフェ業務は放棄する。

カフェのテーブルで観光客が持っていたカップラーメンを食べても、袋菓子を食べても、ナッツを食べ零（こぼ）しても、今の寿明にとってなんの問題にもならなかった。

どうやってやり過ごしたか、もはや覚えていない。

団体観光客を見送った後、寿明はショップのレジの前でへたり込んでいた。売り上げには繋（つな）がるが、疲弊感が凄まじい。

裕子の艶(つや)のある髪の毛もボサボサになっていたし、晴信や側近たちの頬(ほお)には無数のひっかき傷があった。

「館長、お疲れ様です」

裕子に嗄(か)れた声で労(いたわ)られ、寿明は肩で息をしながら答えた。

「……裕子さん、バイトでもいい。バイトでいいから募集しましょう」

「館長、私もバイトです」

裕子から衝撃の待遇を明かされ、寿明は驚愕(きょうがく)で顎を外しかけた。

「バイトなのですか?」

「中禅寺湖のお土産物屋で働いていたんですが、高血圧の母が心配で辞めて、鬼怒川に戻ってきました。再就職しようとしていた矢先、前の館長に頼まれてバイトを始めたんです」

「そうだったのですか」

「予定では今頃、私は再就職活動中でした」

裕子は壁にかけられているカレンダーを眺めつつ、力のない声でポツリと零した。想定外の日々に追い立てられている最中らしい。

「君がいなくなったらここは回らないだろう」

「伯父も足腰が弱くなっているので辞めたいと言っています」

裕子が手で差した先には、『桑田浩次郎』という名札をつけた初老の警備員がいた。どうやら、裕子の伯父らしい。

「裕子さんは桑田さんの姪御さんですか？」

「はい、今、私と伯父のふたりでここを回しています。限界です」

いくらローカルな美術館でも、家族ふたり経営は無理があるだろう。寿明は単純に呆れ返った。

「学芸員とバイトの募集をしましょう」

「あっちゃんもかっちゃんもさっちゃんも奈っちゃんも復職したいそうです。正社員で採用するのはやめてあげてください」

家族ふたり経営には人情味のある理由があった。寿明は褒めたいが、口が裂けても褒められない。

「……では、学芸員のバイトを採用しましょう」

「そんなことより、まず、館長はここの経理関係を把握してください。あちこちガタガタしているけど修理費がないの。前の館長がビールに逃げるぐらい悩んでいました」

裕子の口ぶりと団体客が去った後の閑散とした状態から確かめなくてもわかる。運営難に喘いでいるのだろう。

ドサッ、と館長室で何冊もの帳簿やファイルを積まれてしまう。旧型のデスクトップパソコンが一台あるが、使われた形跡がなく、埃を被っていた。

「裕子さん、今時、手書きの帳簿ですか?」

郷愁を誘う温泉地のレトロな美術館は、事務処理までレトロなのだろうか。帳簿の隣には埃まみれの計算機とともにやけに年季の入った算盤があった。寿明は家庭教師について勉強したし、学習塾にも通ったりしたが、算盤はまったくできない。

「誰もパソコンを使えません」

裕子にあっけらかんと明かされ、寿明は惚けた顔を晒した。白髪頭の警備員ならばわかるが、若い裕子なら使いこなせる世代のはずだ。

「……裕子さんも?」

「はい、私は機械音痴です。スマートフォンはなんとか使えるようになりました」

寿明が思ったことをそのまま口にしたら、問題になるかもしれない。……否、ここでは問題にならないのだろうか。それでも、寿明は慎重に言葉を選んだ。

「……いろいろと驚かされます」

寿明が収入を大きく上回る支出だらけの帳簿にざっと目を通していると、裕子に月間予定表を差しだされた。

「館長、驚くのはまだ早いです。明日のワークショップには幼稚園児が団体でやってきます。お願いしますね」

東京で勤めていた美術館には生涯学習の場としての役割を果たすため、学芸員による多種多様なワークショップがあった。美術鑑賞プログラムが多く、寿明が企画した『ボドリヤール・コレクション』の時は、ルーベンス鑑賞のプログラムやバロック絵画鑑賞プログラムのワークショップが開催され、評判もよく、寿明も感心したものだ。それもこれも担当した学芸員が寝る間も惜しんで準備した結果だった。

「……は？　ワークショップ？」

明日のワークショップ、という時点で寿明の思考範囲を超える。問題外なんてものではない。

「学芸員のあっちゃんが幼稚園児相手に常設展の絵を説明したり、常設展の画家の紙芝居を読んであげたり、美術館の発展……っていうより、存続のために頑張っていました。明日は館長がお願いします」

裕子にしれっ、と言われ、寿明の朱を塗ったような唇が派手に歪（ゆが）んだ。

「……ま、まさか、僕にワークショップを担当させるつもりですか？」

「はい」

「僕には無理ですーっ」

本日、何度目かわからない寿明の拒否が響き渡った。しかし、誰ひとりとして耳を傾けてはくれない。

こうして、鬼怒川での退屈な日々は幕を閉じた。

宋一族の影は微塵(みじん)もない。……いや、目まぐるしい慌ただしさで、九龍の大盗賊について思いだす余裕さえなかった。

7

鬼怒川温泉の地を踏んだのは、再就職のためではない。まして鬼怒川の活性化に力を尽くすためでもないが、寿明に逃げる道は残されていなかった。こともあろうに、翌朝、晴信が直々に迎えに来たのだ。そのままゆけむり美術館に放り込まれた。

「館長、メシは裕子さんに何かチンしてもらえ。チンメニューがいやなら、隣の健作オヤジの蕎麦屋だ。お勧めは親子丼だぜ」

ズイッ、と晴信は隣の蕎麦屋の出前メニュー表を寿明の上着のポケットに突っ込む。

「次期殿、これ以上、僕は尊敬する次期殿を罵りたくありません」

寿明は意識的に作った笑顔で皮肉を飛ばしたが、爽やかな猛者には届かなかった。

「俺も警備員としてなら手伝えるから任せろ」

「お忙しい身です。お帰りになられたらどうですか？」

「……あ、今日は黒い常連客が来たぜ」

晴信の視線の先には故障中らしい正面玄関から堂々と入館する黒猫がいた。首輪をしていないが、やけにでっぷりと太っている。

「……うわ、今日も猫」

「黒い常連客は俺に任せろっ」

正面玄関、高徳護国流の次期宗主と黒猫の戦いの火蓋が切って落とされた。どちらも激しい。

「館長、おはようございます」

裕子には当然とばかりに美術館のエプロンを着けられる。警備員の桑田は裏口で野生の狸と格闘していた。

「……た、狸?」

「館長、狸ぐらいでびっくりしないで」

「狸は驚いていいと思う」

寿明の言葉は裕子に風か何かのように無視された。問答無用とばかり、溜まっていた書類を押しつけられる。前任者が放置していた書類も多かった。処理してもいい書類も多いがシュレッダーが見当たらず、寿明は引き出しで見つけた古いハサミで切り刻んだ。そんなことをしていたら、あっという間に時間が過ぎる。

「館長、今日は早めにお昼を食べて。出前を頼みますからさっさと決めてください」

裕子の進言に従い、隣の蕎麦屋で出前を頼む。

五分もかからないうちに、白髪頭の店主が親子丼を届けに来た。なんでも、夫婦ふたりで細々と営業している蕎麦屋だという。

「……おや、次期殿や兄ちゃんたちに聞いていたが、ずいぶん、可愛い館長さんだな」

「健作おじちゃんもそう思う？　可愛い館長でしょう」

「前の館長はデブで前の前の館長はつるっパゲで入れ歯だった。ここも若返ったな」

　裕子と健作という店主の会話にいっさい入らず、寿明は黙々と親子丼を平らげた。晴信が勧めたように、地鶏と放し飼い卵を使った親子丼は絶品だ。

　そうこうしているうちに、予定通り、幼稚園のバスが停まり、元気のいい子供たちがぞろぞろと降りてきた。もう、寿明は逃げられない。

　腹を括って、美術館所蔵の紙芝居を子供たちに見せようとした。それなのに、子供たちの中でも一際やんちゃそうな子供の手が挙がった。

「館長はどちてお爺ちゃんじゃないの？」

　予期せぬ子供の質問に対し、寿明は石化した。隣にいた裕子も度肝を抜かれたらしく、口をポカンと開けて固まっている。

「うんっ、館長が一番偉い人だって聞いたのに、どうちて館長がお爺ちゃんじゃないんでちゅか？」

　活発そうな子供もほわほわしたムードの子供も、今までの館長とはあまりにも違う寿明の若々しい姿が不思議らしい。

「あっちのお部屋にはお爺ちゃんがいたよ」

「館長は純くんみたい」

おしゃまな女の子が人気絶頂の可憐なタイプのアイドル名を口にする。すかさず、ほかの女の子たちも同意するように声を張り上げた。

「うん、館長は純くんにそっくり。館長は館長じゃなくてアイドルなの？」

「うわ～っ、館長、踊って歌って」

幼稚園児たちは寿明がアイドルだと思い込み、興奮してしまう。もはや収拾がつかない。引率している先生や園長でも手がつけられなくなってしまった。

どうしましょう、と若い先生に困惑顔で声をかけられ、寿明と裕子はそれぞれ自分を取り戻す。

裕子は毅然とした態度で言い放った。

「館長、純くんのふりをして踊って歌ってください」

もちろん、裕子の言葉に寿明は愕然とした。

「裕子さん、落ち着いてください」

「純くんのふりをするしかないでしょう。純くんはバク転ができないから館長でも真似できますよ」

新曲を大音量で流します、と裕子は頬を紅潮させてスマートフォンを取りだした。察するに、今が旬のアイドルグループのファンらしい。

「……奥の手を使いましょう」

寿明が意志の強い目で言うと、やんちゃ坊主を中心に元気のいい子たちが輪になって踊りだした。単純に騒いでいる子供もいれば、派手に泣いている子供もいる。寿明の目から見れば、無法地帯となんら変わりがない。

「奥の手？　そんな手があるならさっさと使ってください」

「ルーベンスの偉大さをレクチャーします」

「……ルーベンス？　ルーベンスって新しいお菓子じゃないですよね？　あのぶよぶよのヌードを描く画家のルーベンスですよね？　ここにはルーベンスのポストカードさえありません。展示している絵はすべて寄贈です。第一、この子たちにルーベンスがわかると思いますか？」

裕子に呆れ顔で捲し立てられ、寿明はにっこりと微笑んだ。

「僕は昨日、寄贈の棚に『フランダースの犬』のＤＶＤを発見しました」

「……え？　あの過労死で主人公と犬が死んじゃうアニメ？　舞台となっているベルギーでは悲しすぎて人気がないって聞きました」

「悲話だからこそ、日本人の心に強く響いたのでしょう」

かくして、寿明はワークショップで名作アニメを流した。大きなスクリーンがあったからちょうどいい。

あれほど騒いでいた子供たちは、いつの間にか、ネロとパトラッシュの物語を食い入るように観賞している。

寿明はスクリーンをチェックしつつ、ほっと胸を撫で下ろした。

もっとも、予定していたワークショップの時間で長編の名作アニメは終わらない。子供たちに続きをせがまれ、寿明と幼稚園側が話し合う。

「園長先生、貸しだしますから、幼稚園で観賞してください」

寿明は『フランダースの犬』のＤＶＤを貸し出そうとしたが、引率している先生や園長は首を横に振った。

「館長、明日も連れてきます。ここで観賞させてください。子供たちにとってもそのほうがいいと思います」

園長に頼み込まれ、寿明が断る前に裕子が承諾してしまった。果たせるかな、明日も幼稚園児相手のワークショップだ。

当然、幼稚園児たちが帰った後、寿明は温和な声で裕子を咎めた。

「裕子さん、どうして引き受けますか？」

「館長、今から美術館に慣れ親しんでもらったらラッキーです。子供の時に美術館に出入りしていたら、大人になっても来てくれますよ」

裕子は笑顔全開で今月の予定をボードに書き込んだ。今にも踊りだしそうなくらい嬉しそうだ。

「美術館の未来について真剣に考えているのですね」

寿明が感服したように言うと、裕子は痛風で入院中の前任者について語った。

「前の館長によく言われました。子供のうちに美術館の楽しさを覚えてもらえば、大人になったらチケット代を払って通ってくれる、って」

「そうですか」

「……ほら、館長の剣道仲間の直人さん？　館長が実の息子みたいに可愛がっていたし、直人さんも実の父親みたいに慕っていたけれど、美術館には寄りつかなかったそうです」

裕子の口から懐かしい名前が飛びだし、寿明は長い睫毛に縁取られた目を揺らした。芸術とは無縁の腕白坊主だ。

「直人らしい」

「館長、念のために、純くんの物まねを練習しておいてください」

裕子が目の前で人気アイドルの新曲のステップを踏み、寿明は頰をヒクヒクと引き攣らせた。

「断固としてお断りします」

「……あ、次期様が肉まんと戦っている」

裕子の視線の先には、白猫を追いかける晴信がいた。格式高い元武家の跡取り息子とは思えない姿だ。

「……え？　次期殿が肉まんと？　……猫？」

寿明が呆然と立ち尽くすと、裕子が顰めっ面で溜め息をついた。

「……あ、とうとう肉まんに侵入されたのね」

「もしかして、肉まんとは白猫の名前ですか？」

「肉まんみたいな猫でしょう？」

「裕子さんが名付けたのですか？」

「蕎麦屋の健作おじちゃんが名付けたの……あ、伯父ちゃんが蝶を追いかけている……あ〜ららら……誰かが出入りする時、一緒に入っちゃうのよね……」

裕子の視線の先では、警備員の桑田が必死になって白い蝶を追いかけていた。言葉では形容しがたい哀愁が漂っている。

「……蝶？」

「夏になったら蟬とか、秋になったらトンボとか、チケット代を払わずに入ってくるみたい」

「裕子さん、対策を考えたほうがいい」

二十四時間体制のセキュリティシステムは不要だが、人外の不法侵入に対する手を打たなければならない。

寿明は真剣に考えたが、すぐに晴信の声で掻き消された。

「館長、来てくれ。もう一匹、現れたーっ」

正面玄関のドアから大きな犬がのっそりと入ってくる。寿明は我が目を疑ったが、晴信の絶叫からして現実だ。

「……え？　……犬？　野良犬？」

寿明は芸術作品保護のため、生まれて初めて野良犬と格闘した。手や頬に擦り傷を負ったのは言うまでもない。

ただ、幸か不幸か、宋一族の影も形もなかったし、思いだす余裕もなかった。そんな日々が何日も続く。

隣の蕎麦屋の出前メニューを全種類、食べ終えた頃、とうとう幼稚園児はネロとパトラッシュの悲しい最期を観た。子供心にも思うところがあったのか、いっせいに泣きじゃくる。引率の先生たちが宥めても泣きやむ気配がない。

幼稚園児には早かったかと、寿明が選択に後悔した時、幼稚園で一番の腕白坊主が嗚咽を零しながら言った。

「……ひっく……純……純くん、どちてネロとパトラッシュは死んじゃったの？」

純くん、とよく似ているというアイドルの名前で呼ばれても、寿明は訂正しない。早くも無駄だと悟ったからだ。

「天使がお迎えに来て、天国に召されたのです」

「疲れた、って死んじゃった。お腹もぺこぺこだ、って死んじゃった。お祖父ちゃんみたいにいなくなっちゃった～っ」

一番の腕白坊主が叫び終えるや否や、賢そうな園児が目を真っ赤にして声を張り上げた。

「……えぐっ……純くん、どうちてネロはご飯を食べないで絵を観たの？　ルーベンスの絵よりパンでちょ？」

ほかの女の子たちもいっせいに疑問の声を上げる。お転婆な女の子は若い先生に尋ねるが、答えに窮していた。園長やベテラン先生にしても、曖昧に宥めるだけで答えられないらしい。

どうして、ネロは食べ物を買わずにルーベンスの絵を観たのか。

幼稚園児たちの疑問は、館長である寿明に託された。寿明自身、懐かしいテーマである。直人を中心とした剣道仲間たちは、とうとう誰も理解できなかった。

上手く説明してください、とばかりに裕子に肘で背中を突かれる。

寿明は満面の笑みを浮かべ、幼稚園児たちに向かって手を挙げた。

「よい子の皆さん、よく聞いてください」

寿明が優しく語りかけると、幼稚園児たちはしゃくり上げながらも耳を傾けた。こういうところは素直で愛らしい。

「ネロは幼くても画家でした。芸術家だったのです。芸術家とはそういうものです」

寿明は慈愛に満ちた微笑を浮かべ、ネロが最期にルーベンスの祭壇画を選んだことを説明した。

一瞬、静まり返る。

すぐに一番の腕白坊主が大声で叫んだ。

「……げ、げいじゅちゅかはご飯をモグモグちないの？　ネロはお腹ぺこぺこだったよーっ」

「それが芸術家です」

「……健作おじちゃんだったら、ネロに親子丼をくれたよーっ。ネロにルーベンスの絵じゃなくて、健作おじちゃんの親子丼をあげてーっ」

「ネロは真の芸術家でした」

それ以後、何をどのように捲し立てられても、寿明はすべて『芸術家』で押し切った。聖母マリアを意識した微笑も根性で絶やさない。

裕子に呆れられたが今さらだ。

けれど、園長や先生たちには感謝されたからいいだろう。これで少しでも美術館に親しみを持ってくれたらいい。

　寿明はありったけの想いを込め、泣き腫らした目の園児たちを見送った。

「館長、盆と暮れが一度に来たような気分でしたね」

　裕子が汗を拭く真似をしたので、寿明は切々とした調子で今後について注意した。

「裕子さん、キャパを超えるようなことは控えましょう」

「館長がいたら大丈夫ですよ。さすがです。園長にワークショップでお絵かき講座もしてほしいとリクエストされました」

　いつの間にか、裕子と園長の間では次のワークショップの話し合いが交わされている。どんなに楽観的に考えても、お絵かき講座の講師は館長だ。裕子が手書きで作ったイラスト入りのカフェメニュー表は、お世辞にも褒められなかった。

「僕は臨時のバイトです」

「骨を埋める覚悟でどうぞ。次期様が結婚相手を探しているようですよ」

「次期殿、自分のことを棚に上げて……」

　寿明が花のような美貌を歪めた時、正面玄関から品のいい紳士が入館してきた。一目で地元の住人ではないとわかる。

「やった。来館者っ」

　裕子は小声で喜んだが、品のいい紳士の目的は寿明だった。明智松美術館の元館長に会うため、わざわざ東京の六本木から足を運んだという。差しだされた名刺によれば、財閥系が運営する六本木の大規模な美術館の館長だ。滝沢雅治（たきざわまさはる）、と名乗った。

寿明と滝沢は鬼怒川の風景画が描かれた応接室で向き合う。裕子は秘書のような顔でお茶を出してから退出した。

「館長、アポイントメントも取らず、押しかけて申し訳ありません」

滝沢に沈痛な面持ちで頭を下げられ、寿明は宥めるように首を振った。

「滝沢館長、構いません。どうされました？」

寿明は意図的に事前の連絡を入れなかったと手に取るようにわかる。連絡を入れた際のなんらかのリスクを考慮したのだろう。

「……実はご相談があって参りました」

尋ねなくても大きな問題があったことは推測できる。寿明の視界に言いようのない霧がかかった。

「……はい、お聞きします」

「十年以上前から水面下で進めていた交渉がようやくまとまり、ベルギーのシャロン子爵家からコレクションの展示を許可されました」

どこかで聞いた話だ、と寿明は瞬時に自身が手がけたボドリヤール・コレクションを思った。もっとも、シャロン子爵家は実業家として成功し、その美術品のコレクションはボドリヤール伯爵家の比ではない。今回は、大手新聞社とのタイアップによる開催だ。

「ベルギーのシャロン・コレクションとは素晴らしい。……先日、六本木の美術館で大成功に終わったと耳にしました」

六本木で公開されたシャロン・コレクションは、ブリューゲル父子やメムリンク、デルヴォーやフォロンなど、ベルギーに縁のある画家を中心に展示された。ルーベンス作も五点、コレクションに加えられていた。

「予定を大幅に上回る入場者に恵まれ、何事もなく無事に最終日を迎え、シャロン・コレクションを搬出する時です。クーリエがルーベンスの『アクロポリスの三美神』の鑑定を指示しました」

「ルーベンスの『アクロポリスの三美神』だけですか？」

寿明が確かめるように聞くと、滝沢が醸しだす悲愴感がひどくなった。

「ルーベンスの『アクロポリスの三美神』だけです。私も館長になる前は鑑定の仕事をしていましたから、妙な違和感はありました。クーリエの指示通り、ルーベンスの鑑定をしたところ贋作でした」

滝沢の話を聞いた途端、寿明の脳裏に九龍の大盗賊が蘇る。波風を立てずに贋作とすり替えるのがセオリーだと聞いた。

……否、今回はどこですり替えられたか定かではない。

「もともと、贋作が搬入された可能性はありませんか？」

「その可能性は否定しなければなりません。クーリエの付き添いで搬入されたルーベンスの『アクロポリスの三美神』は本物でした。私も鑑定しました」

「その様子では館内に異常はなかったのでしょうか？」

寿明が悲痛な面持ちで聞くと、滝沢は伏し目がちに頷いた。

「……はい。防犯カメラにはなんの異常も映っていません。警備員たちは不眠不休で警備に当たっていましたが、なんの異変もなかったそうです。私は狐につままれたような気分でした」

……宋一族の仕業だ、宋一族だ、どこの美術館でも最低ふたりは宋一族メンバーが潜んでいると聞いた、と寿明の前に得体の知れない九龍の大盗賊が過る。獅童に蹂躙された身体が恐怖で震えた。

「公表されていませんね？」

「徒らに騒ぐ前に調査しろ、という指示をシャロン子爵からいただきました。お願いです。どうかお力をお貸しください」

どんな手を使ってもルーベンスの絵画を取り戻せ、というシャロン子爵からの確固たる意思表示だろう。名門の自尊心の高さが伝わってくる。

「……お力になりたいのは山々ですが、僕にはなんの力もありません」

寿明は誰よりも滝沢の苦悩が理解できる。おそらく、品のいい紳士は遺書を用意しているはずだ。

「館長はボドリヤール・コレクションで贋作とすり替えられたルーベンスの名画を取り戻された」

一瞬、寿明は言葉に詰まったが、聞き流すことはできない。それでも、真実を告げることができない。

「……あれは警備員の犯行でした」

寿明が公表されたことだけを口にすると、滝沢に食い入るような目で見つめられた。

「本当に警備員単独の犯行でしたか？」

滝沢が言外に匂わせていることは、ピリピリッ、とした空気とともに伝わってきた。

平凡な警備員がひとりで精巧な贋作を用意し、館内外の防犯カメラにも映らず、すり替えられるだろうか。そのうえ、自首するまで誰の目にも触れず、潜伏できるだろうか。組織的な犯行ではないのか。少なくとも協力者がいたのではないのか。館長が水面下で黒幕と交渉したのではないか、と。

「……僕も狐につままれたような気分でした。僕が申し上げられることはただひとつ、徹底的にスタッフを調べ上げてください。特に警備員を調べてください。十中八九、内部の犯行です」

寿明がこれ以上ないというくらいの真摯な目で言うと、滝沢は苦渋に満ちた顔でうなだれた。

「すでに反感を買うほど、スタッフを調査しました。いずれ、人権侵害で訴えられるでしょう」

「もう一度、不躾ながら確認させていただきます。ルーベンスの絵画は五点、展示されていたはずです。ほかの四点は？」

「ほかの四点も最新機器を駆使して鑑定しましたが、贋作ではありませんでした」

「ほかの四点のうち一点はスネイデルスとの共同制作、一点はブリューゲルとの共同制作、残り二点がアトリエ作品でしたね？」

ルーベンスによる作品は千五百とも三千とも数えられ、距離を取って観なければ全体像が摑めないほどの号数の大きな大作も珍しくはなかった。六十三年間の生涯の中、外交官としても活躍していた天才画家ひとりに、到底、仕上げられるものではない。

広く知られた話だが、ルーベンスは諸外国の王侯貴族や富豪からの大量注文を捌くため、静物や動物、風景などの一流の専門画家との共同制作による作品が多々あった。共同制作による作品の大半にはどちらの署名も記されているが、なんらかの事情によりルーベンスの署名だけの場合もあった。

またルーベンスは多くの優秀な弟子を抱え、大きな工房体制をとっていたから、現代でいうところのアトリエ作品も多い。ルーベンスがデッサンをしたり、小下図を描いたりした後、指名した弟子に注文のサイズに拡大させ、色を塗らせる。終始、ルーベンスがデッサンや彩色に関し、弟子たちに指導して修正させたという。最後はルーベンス自身が必ず筆を取り、入念な仕上げを施したらしい。

「さようでございます。始めから終わりまでルーベンスひとりの筆による作品は、盗まれた『アクロポリスの三美神』だけでした」

ルーベンスの手だけによる作品は、自画像や家族像、現存するあらかたの名画がそうだと目されていた。

「賊が狙ったのはルーベンスのみの名画ですか」

「単なる賊でないことは確かです。お願いします。どうか、お力をお貸しください」

「……新宿の指定暴力団・眞鍋組を頼ってみてください。松本力也、リキと名乗っている幹部ならば、警察にできないことをやってくれると思います」

寿明は警視総監候補から聞いた最後の手段を伝えた。今でも日光では高徳護国流の次男坊に対する崇敬が厚い。無敗を誇った強さだけではなく、修行僧の如き生真面目さも尊敬の対象だった。

「私も知人より、仁義を切る眞鍋組について教えていただきました。眞鍋組、それも二代目組長直々に相談し、館長の名をお聞きしたのです」

滝沢から想定外の事情を聞き、寿明は驚愕で上体を揺らした。

「……眞鍋組から僕を紹介されたのですか？」

眞鍋組の二代目組長がどうして僕を知っている、紹介する、と寿明の背筋が凍りついた。どんなに楽観的に考えても、高徳護国流宗主の次男坊の縁とは思えない。

「はい、あったことを包み隠さず明かせば、館長ならば贋作すり替えの裏が見えるはずだ、と言われました。藁にも縋る気持ちで参った次第です」

「……眞鍋組がそんなことを言ったのですか」

「犯人が誰か、心当たりがありますか？」

駄目だ、と寿明は喉まで出かかった言葉をすんでのところで呑み込んだ。

「……世界的な闇組織がいくつもありますから」

「金ならば用意します。言い値でこちらが買い戻します。交渉してほしい」

滝沢はスマートな仕草で小切手を出した。どうやら、寿明に交渉ができると思い込んでいる。

「僕に交渉はできません」

「館長ならば交渉できると聞きました」

「眞鍋組の二代目組長がそんな大嘘をついたのですか？」

寿明が身を乗りだして聞くと、滝沢の顔から血の気が引いた。

「大嘘なのですか？」

「はい、僕にはなんの力もありません」

誤解されたままでは埒（らち）が明かないから、毅然とした態度で言い切った。大嘘をついた輩（やから）が腹立たしい。

「私もダイレクトに眞鍋組を知っていたわけではありません。名前は明かせませんが、さる高名な方に紹介され、眞鍋組の二代目組長と幹部にお会いしました」

「その席にリキと名乗る幹部はいらっしゃいましたか？」

「いらっしゃいました。剣道界で鬼神と呼ばれた最強の剣士ですね？」

滝沢があっさりと高徳護国流宗主の次男坊のことを口にしたので、寿明は少なからず感心した。

「そこまでご存じですか」

「そこまで摑んでいなければ、暴力団に協力は仰げません。一歩間違えれば、私の破滅だけではすまない」

時に暴力団はさまざまな面で国家権力を遥（はる）かに凌駕（りょうが）する。表では解決できない難問を水面下で処理してくれるが、食い込まれ、貪（むさぼ）り尽くされるリスクが大きい。諸刃（もろは）の剣だと耳にした記憶がある。

「死んですむ問題ではありませんからね」

寿明が自戒するように言うと、滝沢は腕を震わせながら相槌（あいづち）を打った。

「はい、私が死んですむのならば今すぐにでも死にます。館長ならば誰よりも私の気持ちをわかってくださるでしょう」

「僕は誰よりも滝沢館長の気持ちがわかります」

追い詰められる滝沢が在りし日の自分に重なった。寿明は苦しくてたまらなくなる。

「眞鍋組の諜報機関は優秀ですが、犯人がどこの誰か、まだ摑めないそうです。ただ、館長のことを報告されました」

「そうですか」

正道くんが推薦した眞鍋組ならば宋一族だって見当がついている、と寿明は思考回路を働かせた。こうやって、揺さぶりでもかけているのだろうか。

「私には館長に縋るより、術がありません」

滝沢の鬼気迫る様子に、寿明は折れるしかなかった。

「自殺するのはお待ちください」

「元より、そのつもりです。私にはしなければならないことがあります」

「……これが最後だと思ってください」

寿明は小声で囁くように言うと、ゆけむり美術館オリジナルのメモにペンを走らせた。宋一族のアジトのひとつだという琴晶飯店の店名と住所を手早く綴り、地下道が是枝不動産の商業施設の駐車場に続いていることも記す。あなたの手には負えないから眞鍋組に任せろ、とも忘れずに添える。

宋一族、という一語は意図的に入れなかった。保身のためか、滝沢のためか、自分でもわからなかったが。

「……あ、ありがとうございます」

あなたの身が危険だから眞鍋組か警察に護衛してもらってください、とも最後に一筆添えた。

「……館長が危険になるのですか？」

何か思うところがあったのか、滝沢が死人のような顔で尋ねてくる。言うまでもなく、寿明は温和な笑みで流した。

「僕のことはいっさい、お気になさらず」

「一緒に東京に戻りませんか？」

「日光は高徳護国流の心意気が根付いている地です。ご心配は無用です」

いったいなんのために鬼怒川の地を踏んだのだろう。予想外の出来事に、当初の目的をすっかり忘れていた。

僕は死ぬつもりだったんだ。

何を恐れることがある、と寿明は今さらながらに覚悟を決めた。宋一族も眞鍋組も死んでしまえばなんてことはない。

「館長、ありがとうございました。また改めてお礼に参ります」

去り際、滝沢の目は潤んでいた。

「滝沢館長、お気をつけて」

二度と会うことはないでしょう。

ルーベンスの名画を取り戻すことをお祈りしています、と寿明は心の中で芸術を愛する紳士に別れを告げた。

後悔はしていない。

ルーベンスの名画が戻ることを心から切に望む。そうして、今後の運営のための資料を整える。裕子ができるように、詳しく書き込む。

「館長、晩ご飯はどうしますか？　食べていきますか？　カフェのカレーライスかハヤシライスをチンしますか？」

晴信に何か言い含められているのか、裕子はあれこれ気を遣ってくれる。それ故、寿明は食欲がなくても食事を摂る羽目になった。鬼怒川に来てから、痩せる思いをしているが体重は落ちていない。

「裕子さん、僕は結構です」

「伯父ちゃんが今日は出前にするって言っているから、館長も出前を取りましょう。今日も親子丼にしますか？　今日はガッツリ食べたほうがいいですから、カツ丼にしたらどうです?」

　裕子が電話の受話器を手にした時、警備員の桑田がよろよろとやってきた。今日も猫や犬と戦ったらしく、手や顔に擦り傷が目立つ。山菜蕎麦、と桑田は裕子にしゃがれた声でオーダーを伝えた。

「僕は構いませんから」

「館長はカツ丼にしますね。電話します」

　裕子は寿明の言葉を完全に無視し、隣の蕎麦屋に注文してしまう。前の職場では考えられなかったが、これはいつものことだ。今後の資料を完成させる前に、店主の健作がカツ丼と山菜蕎麦を届けにきた。

「毎度っ」

　ドンッ、とカツ丼が目の前に置かれたら食べないわけにはいかない。寿明は柔和な声で礼を言った。

「健作さん、ありがとう」

「館長、タコの酢の物と栗饅頭はおまけだ。ちゃんと食べてちょっとでいいから太っておくれ」

　馴染みのよしみか、そういった土地柄か、健作はことあるごとに小鉢や甘味のサービスをつけてくれた。鬼がいる温泉郷は温かな人情が溢れている。

「いつもありがとう」

「こんなに細っこくて心配だよ……桑田さんもそう思うだろう？」

健作が同意を求めるように、警備員の桑田に視線を流した。

「館長にはもっと貫禄（かんろく）をつけてほしい」

桑田は孫を見るような目で寿明を眺めると、温かい山菜蕎麦を食べだした。当然のように、タコの酢の物と栗饅頭がサービスでついている。

「桑田さん、持病の座骨神経痛はどうだい？」

「辛（つら）い。一日も早く、隠居したいんだが……」

「当分の間、隠居は無理だろう」

健作と桑田は仲がよく、顔を合わせれば楽しそうに喋（しゃべ）っていた。寿明は常に会話には入らず、静かに聞いているだけだ。

「健作さんこそ、血圧が高いんだろう？」

「そんなの、血圧が少々高くっても蕎麦は打てるさ」

健作は桑田とのほほんと病気談義を繰り広げていたが、店番中の妻から電話が入り、慌てて帰っていった。どうやら、蕎麦屋に客が来たらしい。

「館長、伯父ちゃん、コーヒーを飲む？」

裕子はふたりの返事を聞く前に人数分のコーヒーを淹（い）れていた。寿明と桑田は顔を見合わせ、どちらからともなく微笑む。

裕子が淹れた昨日のコーヒーは唸るぐらい濃かったが、今日のコーヒーはやたらと薄かった。もちろん、寿明も桑田も裕子に文句は言わない。彼女に悪意がないことは確かめなくてもわかっている。

「館長、お先に失礼します」

裕子はコーヒーを飲み干すと、駆け足で帰っていった。おそらく、観たいテレビ番組があるのだろう。燦々と光り輝く太陽が去ったような感じだ。

「館長、裕子があんなのですみません」

桑田に渋面で謝罪され、寿明は面食らってしまう。サバサバしている裕子は意外なくらい楽だった。手作り弁当を押しつけようとする婚活中の女性よりずっといい。

「桑田さん、滅相もない。美術館のため、よくやってくれています」

「館長にそう言ってもらえるとありがたい……それで、その、そのですな、折り入ってご相談があるのですが……次期様ともいろいろと話し合ったのですが……」

桑田の思い詰めた表情に、寿明は息を呑んだ。

「退職の話なら僕にしないでください。座骨神経痛が辛いなら、次期殿に相談してみてください。名医を紹介してくれるでしょう」

高徳護国流の剣道を学んだ整形外科医や作業療法士、整体師や鍼灸師も多い。剣道仲間の直人は自身の経験から整体師になった。

「違います。裕子のことです」

「裕子さんのことなら僕も考えていました。学芸員の資格を取得してもらいましょう。バイトではなく正社員として雇用できるように働きかけます」

それが僕の最後の仕事だ、と寿明は心の中で続けた。今夜のうちに今後についてすべて整えておきたい。

「……あ、その話じゃありませんが、あの子は頭が悪いから資格は無理だ」

「頭が悪いと思ったことは一度もありません。勉強すれば、資格は取れると思います」

「館長、自分の頭と裕子の頭を同じように考えないでください。わしらと館長の脳ミソは出来が違います」

桑田は一気に言ってから、額をポリポリと掻きつつ続けた。

「……そうではなくて、あの子の行く末が心配です。あっという間に二十五歳になってしまいました」

桑田から姪の将来を案じる伯父の愛がひしひしと伝わってきた。裕子の父親である弟が亡くなっているから、なおさら思いが強いのかもしれない。

「まだ二十五歳です。若い」

「館長、裕子を嫁にもらってやってくれませんか？」

想定外の桑田の申し出に、寿明は度肝を抜かれた。

「……裕子さんを？」

「裕子ごときが館長の嫁にどうかと思ったのですが、次期様が館長には裕子ぐらい大ざっぱな女房がいいと……」

「……次期殿が僕に裕子さんを？」

なんとしてでも死相を消す、という晴信の声が寿明の鼓膜に蘇る。ここ最近、顔を出さないと思って油断をしていた。

「館長を信頼できる男と見込んで頼みます。どうか裕子を嫁にもらってください。若くして逝っちまった弟……裕子の父親も館長に裕子を任せたいと草葉の陰で願っていると思います」

桑田に哀愁たっぷりに捲し立てられたが、寿明は引き摺られたりはしない。冷静に対処した。

「裕子さんには次期殿の側近がお似合いだと思います」

晴信の側近のひとりは明らかに裕子に焦がれている。無骨な剣士は戦いの仕方は知っていても、女性に対するアプローチの方法を知らない。

「……あぁ、次期様の側近のあれは違います。……で、館長は裕子が気に入りませんか？ガサツですが、あれの母親が家庭的な女だから、嫁になれば変わると思います」

寿明は裕子の名誉を傷つけないように断ることで必死だった。もはや、残業ができる雰囲気ではない。

「館長、少しでいい。これから少し、裕子のことを意識してください」

桑田に何度も頭を下げられ、寿明はほとほと困ってしまう。

「……わかりました」

寿明は早々に残業を諦め、桑田から逃げるように、黄昏色に染まったゆけむり美術館を後にした。商い中の旗が靡く隣の蕎麦屋の駐車場には、二台のバイクと白いセダンが停車している。地元ナンバーだから、観光客ではないだろう。

人の温かさが育む温泉郷に夕陽が沈む様は、どんな名画にも負けない至上の美だ。寿明は幻想的なまでに美しい夕陽を眺めながら、緒形家別荘に向かった。早くも慣れ親しんだ道であり、顔見知りの老人と挨拶を交わす。

一見、高い塀に囲まれた別荘もなんら変わりがない。

それでも、玄関に仕掛けていた細工を確認してから入った。誰かが玄関から侵入していたら、挟んでいた髪の毛が落ちているはずだ。

今朝、挟んだままの状態である。

周囲を見回してから、玄関に入り、快活な声で言った。

「ただいま帰りました」

寿明の声に呼応する音はない。

これで安心できるわけではないが、三和土(たたき)で靴を脱ぎ、長い廊下を進んだ。そうして、温泉風呂に入ってから、したためた遺書を書き直した。

いつでも彼岸の彼方(かなた)に旅立つ覚悟はできている。

8

どんなに抗っても、固い筋肉に覆われた腕はビクともしなかった。

『……可愛いな……勤務中とは全然違う。こんなに可愛いなんて思わなかったぜ……』

若い男が耳元に向かって何度も繰り返した。

『……可愛い……これからもずっと可愛がってやるからな……』

最愛の恋人にするかのように、頰や額に音を立ててキスをされた。耳は甘く嚙まれ、肩口には吸い付かれた。

『キスもセックスも俺が初めてだよな。今時、こんな可愛い天然記念物がいたとはびっくり……俺が初めての相手で幸運だぜ』

若い男の固い筋肉に覆われた身体と寿明の身体は同性とは思えないぐらい違った。広い胸にすっぽりと収められ、慈しむように抱き直される。

『……おい、黙っていないで何か言え』

言葉を求められても、寿明の舌は動かなかった。何より、心が悲鳴を上げていた。辛いだけではないから苦しい。

『俺が初めてでよかった、って可愛く言えよ』

『………』

『何も言えないくらい感じたのか？』

唇を指で煽るように突かれ、寿明の喉がしゃくり上げた。

『……っ』

『涙に濡れた赤い目が可愛い』

目に浮かんだ悔し涙を舌で舐め取られ、寿明の魂が派手に軋む。若い男の声が優しいだけに憎悪が増す。

『……も、もうっ……』

『お前、全部可愛い』

若い男から向けられる『可愛い』という言葉は屈辱的だ。反論できない自分が情けなくてたまらない。

『……っ』

『いい子だから俺に逆らうなよ。逆らったら命はないぜ。俺は可愛いお前を始末したくないからな』

支配者と支配される者の差が歴然としていた。その時、間違いなく、寿明の身体に君臨していたのは宋一族の総帥だった。

「……い、いやだ……いやだ……」

あれだけ『可愛い』を連発されたら、何も知らない者が見れば、レイプだと思わないかもしれない。下手をすれば、自分が望んだ行為だと勘違いされてしまうかもしれない。これ以上の屈辱はない。

「……館長、館長、起きてください」

ユサユサユサユサユサッ、と太い腕に揺さぶられる。寿明は死に物狂いで左右の手を振り回した。

「……いやだ……僕に触るな……」

「館長、こんなところで寝ていたら風邪を引きます」

傲慢な男が恋人を相手にしているかのように甘く囁いた。まだ、元上司のように鬼のような顔で怒鳴られるほうがマシだ。

「……僕にキスするな……許さない……」

キスされる、と寿明は首を捻った。

「接吻なんぞ、してませんぞ」

ペチペチッ、と頬を軽く叩かれ、寿明はようやく目を覚ました。警備員の桑田の深い皺が刻まれた顔が迫っている。

「……え？」

「わしです。ゆけむり美術館の桑田ですぞ」

「……桑田さん？」

寿明は桑田の手を借り、上体を起こした。

心身ともに疲れていたせいか、風呂から出て居間で喉を潤した後、そのまま寝てしまったらしい。畳には風呂上がりに手にしていたタオルが落ちていた。桐の卓には飲みかけのミネラルウォーターのペットボトルがある。

「館長、よかった。やっと起きてくれた」

桑田がほっとしたように胸を手で押さえたが、寿明の心臓の鼓動が早くなった。胸騒ぎがする。

「……桑田さん？　どうしてここに？」

裕子さんとの縁談をまとめるために勝手に上がってきたのか。鍵はどうした。どうして警報ベルが鳴らない、と寿明は冷静に初老の警備員を見据えた。代議士の別荘は本宅ほどではないが、それ相応のセキュリティシステムが敷かれている。無理に開錠すれば、警報ベルが鳴り、警備会社が対応するはずだ。

「次期様に言われましてな。館長には実力行使しかないと……」

桑田の後ろから高徳護国流の次期宗主がひょっこりと顔を出した。いつもとなんら変わらない爽やかな笑顔だ。

「……次期殿？　次期殿までどうしてこんなところに？」

寿明が仰天して目を瞠(みは)ると、晴信(はるのぶ)は手をひらひらさせた。

「寿明さん、死相が消えたと安心したらまた出ている。どういうことだ？」

「次期殿の思い込みです」

「俺の目は節穴じゃないぜ」

晴信に顔を覗(のぞ)き込まれ、寿明はそそくさと距離を取った。

「次期殿、どうやって入られました？」

「そんなことより、今すぐここで裕子さんとの結婚を決めろ」

晴信が示した先、縁側(えんがわ)にはいつになく恥じらっている裕子がいた。白い襟がついたワンピースを身につけ、行儀よく正座している。

「……裕子さんまでこんなところに？」

寿明が裏返った声を上げると、晴信はしたり顔で言い放った。

「裕子さんと結婚しろ。仲人は俺の両親だ」

高徳護国流の宗主夫妻に乗りだされたらやっかいだ。即座に母や祖母と結託し、寿明本人の意志を無視して、強引に縁談を進めてしまうだろう。依然として、裕子は縁側でもじもじしている。寿明が知る活発な裕子ではない。

「ご辞退申し上げる。裕子さんの結婚相手は次期殿の側近です。ご自身の傍らにいる剣士が誰を見ているのか、気づいていないのですか？」

「あいつのあれは気の迷いだ。亡くなった姉に裕子さんがよく似ているらしい。……で、お前だ。結婚するな？」

「お断りします」

寿明が険しい顔つきで拒絶すると、晴信は雄々しい眉を歪めた。

「女性に恥を掻かすな」

「次期殿だけには言われたくありません。非の打ち所のない淑女に恥を掻かせているのはどなたですか？」

寿明が非難するように言い返すと、晴信は意味深に口元を緩めた。

「口下手なくせに、こういう時はよく舌が回るな」

「ご用件が裕子さんとの縁談でしたらお帰りください」

出ていけ、とばかりに寿明は玄関に向かって指を差した。未だかつて尊敬する剣士にこんな態度を取ったことは一度もない。

ふっ、と晴信が鼻で笑ったような気がした。

そんな笑い方をする男ではなかったのに。

「裕子さんと結婚しないなら俺の嫁になれ」

ガツンッ、と頭上に鬼怒太の像が落ちてきたかと思った。寿明は驚愕で口をパクパクさせる。何か言い返さなければならないが、舌がもつれて思うように動かない。

桑田は額をポリポリと掻き、縁側の裕子は肩を竦めた。どうやら、伯父と姪は寿明を諦めたらしい。ふたりに晴信の暴走を止める様子はなかった。

「俺が嫁にして、死相を消す。いいな」

晴信に顎を摑まれ、寿明はやっとのことで掠れた声を出した。

「……っ……次期殿、正気ですか？」

「冗談を言っているように見えるか？」

ガバッ、といきなり凄まじい力で畳に押し倒された。寿明は伸しかかってきた晴信が知らない男に見える。

「……次期殿？　何をする？」

背中に感じる畳の感触がなければ、悪い夢だと思ったかもしれない。寿明が知る涼やかな剣士は一点の曇りもなかった。

「任せろ。これだけ可愛かったらできる」

晴信がニヤリと笑った瞬間、寿明の中で何かが弾けた。声も喋り方も容姿もちょっとした仕草も晴信だが、寿明が尊敬している剣士ではない。

「……次期殿じゃない……誰？　……ま、まさか、宋一族の獅童？」

はっ、と寿明は今さらながらに思い当たった。よくよく考えてみれば、晴信ならばこんな真夜中になんの前触れもなく乗り込んできたりはしない。天と地がひっくり返っても、押し倒したりはしないはずだ。

「やっと気づいたか」

晴信の姿で聞き覚えのある宋一族の若き総師の声が聞こえてきた。呼応するかのように、窓の外では木々がざわめく。

「獅童なのか？」

寿明が確かめるように聞くと、晴信の顔をした獅童は喉の奥だけで楽しそうに笑った。

「気づくのが遅すぎるぜ」

「ずっと次期殿のふりをしていたのか？」

久しぶりに会ってゆけむり美術館に強引に連れていかれた時も、警備員のように猫や犬と格闘していた時も、裕子が電子レンジで温めたレトルトのハヤシライスを一緒に食べた時も、晴信にこれといった違和感は抱かなかった。爽やかそうに見えて一筋縄ではいかない次期宗主そのものだったのだ。

「次期殿に化けたのは今夜が初めてだ。お前が尊敬する男に化けるのは楽だな」

「……っ……」

寿明が口惜しさに息を呑むと、ペロリ、と獅童に頬を舐められる。まるで蛇の生殺しが始まるかのようだ。

「今日、六本木の滝沢に何を明かした？」

獅童に低い声で尋ねられ、寿明は瞬時に納得した。

「……やっぱり、六本木の美術館でルーベンスの『アクロポリスの三美神』を贋作とすり替えたのは宋一族か？」

「ビンゴ」

「六本木の美術館のスタッフに宋一族のメンバーが紛れ込んでいたのか？」

「ビンゴ」

想定内の獅童の返事が続き、寿明は平静を胸に言葉を向けた。

「六本木の美術館の滝沢館長が交渉を求めている。言い値で買い上げるそうだ」

寿明の心には滝沢の苦悩が棘のように刺さったままだ。品のいい紳士は破産しても買い戻すに違いない。

「肉の画家単独で描いた波打つ三段腹の絵を王子サマが買い集めている。うちが依頼を受けたから金の問題じゃない」

獅童はサラリと内情を明かしたが、寿明はどうしたって釈然としない。

「……依頼？　盗みの依頼を受けるのか？　ボドリヤール・コレクションの『花畑の聖母』は本物を返してくれたじゃないか」

「そんなの、これを機にボドリヤール伯爵は居城の警備を見直した。だから、宋一族が食い込めた。三日以内に贋作とすり替える手筈になっている」

さすがというべきか、それこそ九龍の大盗賊の、大盗賊たる所以か。狙った獲物は逃さないようだ。

「……そんな」

「……さぁ、可愛い裏切り者、おしおきだ」

シュルルッ、と寝間着代わりの浴衣の帯を勢いよく解かれ、寿明は真っ赤な顔で言い放った。

「……殺せ」

すでにすんなりとした足は剝きだしで、獅童の目に晒されている。尊敬する剣士の顔だから心が派手に軋んだ。

縁側にいる裕子や桑田はいつの間にか、それぞれ、変装を解いている。裕子の服を着たダイアナと桑田の服を着た犬童がいた。

「もったいない。誰が殺すか」

いやらしい手つきで太ももを撫で回され、寿明のなめらかな肌に鳥肌が立った。

「……僕に触れるなっ」

「可愛いな、触らないとできないだろう」

肩口に歯を立てられたと思えば、際どいところを強く揉まれ、寿明の身体中の血が逆流した。

「獅童、やめろーっ」

「勃った」

この先、何が起こるか、寿明は考えたくない。鬼怒川に辿り着いた日にどうして命を絶たなかったのか、今さらながらに後悔した。

「……っ……僕は犯罪者の仲間にはならない。さっさと始末しろっ」

寿明がガラス玉のような目を潤ませて力むと、獅童は煽るように熱く滾った下部を押しつけてきた。

「ますます、勃った」

「……やっ……」

「うわぁ、真っ白だな」

抵抗をすればするほど、浴衣が乱れ、寿明の肌が露になる。明るいライトの下、隠しようがない。

「今夜は足腰が立たなくなるまで可愛がってやるぜ」

「……こ、このっ」

寿明は覚悟を決め、舌を嚙んだ。

ガブッ、と。

……思いきり嚙んだはずなのに、寿明の命は尽きない。

「舌を嚙んで自殺するのはナシ」

寿明が嚙んだものは、獅童の鍛え上げられた腕だった。瞬時に、口に腕を差し入れられたのだ。

「……っ……………」

「だから、そんなにいやがられると萌える。男ってもんをわかっていないな」

獅童は馬鹿にしたような目でせせら笑う。寿明は全身全霊をかけ、憎い男の腕に歯を立てた。

「……っ……ふっ……」

「食いちぎれるなら食いちぎっていいぜ」

憎い男にはなんのダメージも与えられないようだ。必死に攻撃している寿明のほうが苦しい。

「……うっ……」

「痺れ薬を塗ったから不味いだろう？」

獅童の言葉に驚愕し、寿明は反射的に腕から口を離した。

「……ご、ごほっ……」

寿明が咳き込んでいると、凄まじい力で両足を摑まれる。宋一族の若きトップの目は情欲にまみれていた。

「二回目だから少しぐらい乱暴にしてもいいよな？」

ズボン越しでも獅童の分身がどんな状態か、いやでも明確にわかる。初めて身体を暴かれた時の恐怖と恥辱が蘇った。

「……こ、殺してくれっ」

「そんな口がきけないようにブチこんでやる」

昂ぶった下部を煽るように押しつけられ、寿明から血の気が引いた。

「……や、やめろーっ」

寿明が恥も外聞もなく叫んだ時。

ガタッ、ガタガタガタガタッ、ガターン、ガラガラガラガラ、ガシャーンという耳障りな破壊音が響き渡った。

「……来やがった」

ダイアナが不敵に言うや否や、犬童が小刀を構える。

いったい何事だと、寿明は確認する余裕もない。獅童に拘束されるように凄まじい力で抱き直された。

「……おや？　健作おじさん、出前の注文はしていないぜ」

獅童の鋭い視線の先には、ゆけむり美術館の隣にある蕎麦屋の店主がいた。その手には出前箱がある。

「館長に夜食の注文を受けていたんだよ」

健作は慣れた手つきで桐の卓に親子丼(どん)をのせた。顔つきもムードもいつもとなんら変わらない。

普段の健作だが、健作ではない。

まずもって、気のいい店主ならばこんな時間に勝手に破壊音を立てて入ってこない。

これはいったいどういうことだ、と寿明は金魚のように口をパクパクさせた。ダイアナは拳銃(けんじゅう)を構え、犬童は小刀を投げる体勢を取っている。

「健作おじさんだったのか。てっきり、幼稚園の園長先生かと思っていたぜ。上手(うま)く化けたな」

獅童がしてやったりとばかりにほくそ笑むと、健作は出前箱を紅梅と鶴(つる)が描かれた襖(ふすま)に向かって放り投げた。

その途端、襖が勢いよく開き、隣室から黒装束に身を包んだ男たちが現れる。ひとりふたり……と、ざっと数えただけでも十人いた。夢想だにしていなかった事態に、寿明の思考回路はショート寸前。

「……フランス外人部隊のニンジャ、それは俺の獲物だ。手を離せ」

健作の顔で発した声は人情家の店主のものではなかった。ほかでもない、宋一族の若き総帥の声だ。

……獅童？

獅童の声だけどそんなはずはない、と寿明は自分の耳がおかしくなったと思った。何せ、自分の身体を拘束している男は宋一族の総帥だ。

けれども、フランス外人部隊のニンジャと呼ばれた獅童は不敵な笑みで肯定した。

「懐かしい名前で呼んでくれるぜ」

「サメ、寿明がパニックでおかしくなる。自分の声で話せ」

健作は顔を両手で弄くりながら、吐き捨てるように言った。特殊メイクを剝がしたのか、瞬く間に東西の美の女神に祝福された美貌が現れる。すなわち、宋一族の総帥だ。蕎麦屋の店主姿でもその類い稀な容姿は損なわれない。

もっとも、今現在、寿明を抱いているのも獅童だ。

獅童がふたりいる、と寿明の思考回路が完全に止まった。

「獅童、意外とハートフルなお坊ちゃんだったんだな」

「フランス外人部隊から眞鍋組に転職したサメよりはハートフルさ」

店主姿の獅童が距離を詰めると、ダイアナと犬童が寿明の周囲に張りついた。すると、寿明を拘束していた腕が離れる。

「ハートフルを競うか？」

寿明を抱いていた獅童が一瞬にして別人になった。

眞鍋組の諜報部隊のサメです、館長に危害は加えません、とダイアナが見知らぬ男の声で耳打ちするように言った。

俺たちは滝沢館長の依頼で動いています、と犬童も聞き覚えのない男の声でそっと寿明の耳に囁く。

ふたりの声で寿明は自分を取り戻した。瞬時に滝沢が指定暴力団・眞鍋組に縋ったことを思いだす。

そういうことか。

次期殿に化けた獅童じゃなくて、眞鍋組の誰かが獅童にも次期殿にも化けていたのか、と寿明は諜報部隊のサメという男に驚嘆する。

ここで自分が騒いではいけない。それだけは間違いない。張り詰めた空気の中、寿明は息を呑んだ。

「サメ、まず、それを返してもらう」

獅童はさりげなく取りだした拳銃をサメに向ける。

だが、サメは銃口を向けられてもいっさい動じなかった。黒装束の男たちがサイレンサー付きの拳銃で狙っているのは獅童だ。

「俺も気に入った。俺の嫁さんにする」

チュッ、とサメは寿明の頭部に音を立ててキスをした。まるで獅童に見せつけるかのように。

「ふざけるのは顔だけにしろ」

獅童から発散される殺気が増し、黒装束の男たちの緊張感が増す。最前列にいる男は今にもトリガーを引きそうな雰囲気だ。

「おいおい、ちょっと男前だからって生意気だぜ」

「俺の部下に手を出した奴に文句は言わせない」

俺の部下、と断言した獅童のイントネーションが違う。鋭敏な双眸の先には、身体を強張らせている寿明がいた。

「……部下？　部下じゃないだろう？　仕事を放り投げて、逃げた初恋相手を追ったくせに」

サメが馬鹿にしたように笑うと、獅童の周りの空気が一気に冷たくなった。

「眞鍋の二代目と一緒にするな」

「男のケツを追いかけておいてよく言うぜ」

「男のケツじゃなくて裏切り者を追いかけた」

「うちの二代目と違って素直じゃないな」

二代目は堂々と男の姐さん一筋を公言したぜ、とサメが茶化すように続ける。そのうえ、意味深な目で寿明を見つめた。

当然、寿明は微動だにできない。

「サメ、俺を怒らせるな」

獅童が地獄の門番のような声で凄むと、サメはどこかの道化のようにへらへらと笑った。

「うちの二代目も怒らせるな。あれがブチ切れたら手に負えない」

「男の姉さん女房のパンツを脱がせればいいだろう」

「よく知っているな。……今回の一件は姐さんの耳に入れたくない。つまり、姐さんのパンツに頼れないんだ。そこのところ、わかれよ」

「戦争か？」

獅童の宣戦布告にも似た言葉に対し、サメは大袈裟な投げキッスを飛ばした。

「この御時世、眞鍋と宋一族が戦争したら喜ぶ奴がたくさんいるな。仲良く心中するか？」

サメの投げキッスを獅童は鋭敏な双眸で無視する。決して、投げキッスを返そうとはしない。

「宋一族は眞鍋と心中する気はない」

「心中する気がないなら、六本木の美術館から盗んだセルライトてんこもりの絵を返せ」

サメがズバリと要求を述べた瞬間、獅童が忌々しそうに舌打ちをした。それが合図になったかのように天井の一部が抜け落ちる。

ガタガタガタガタッ、ガシャーンッ、と天井の一部とともに落ちてきたのはダイアナと犬童だ。

シュッシュッ、と小刀がサメに向かって投げられる。

「情熱的な挨拶だな」

サメは難なく鈍く光る小刀を躱した。

グサリッ、と畳に犬と仙人が刻まれた小刀が突き刺さる。さらに、犬童は小刀を投げるポーズを取った。

寿明は驚愕で声を上げることさえできない。

当然のように、驚いているのは別荘で寝泊まりしていた寿明だけだ。いつの間にか、ダイアナや犬童の扮装をしていた男たちは素顔に戻っている。どちらも整った顔立ちの青年だ。その手には鈍く光る拳銃があった。

玩具の拳銃ではないと、素人の寿明でもわかる。

「あの三段腹の絵は宋一族がいただいた」

獅童が腹立たしそうにルーベンスの『アクロポリスの三美神』の所有権を宣言した。ダイアナと犬童が護衛するように背後に回る。

一触即発。

九龍の大盗賊と不夜城の支配者との間で、今にも殺し合いが勃発しそうな空気だ。

寿明の身体は恐怖で竦んだが、周りの男たちは誰ひとりとして怯えていない。全員、死闘を繰り広げる気満々だ。

「うちの二代目が滝沢館長の命がけの依頼を受けた。眞鍋のウリは仁義だ。仁義にかけて、セルライトの塊を取り戻す」

サメが飄々とした調子で言うと、獅童は荒い語気で反論した。

「うちも王子サマから依頼を受けた。うちのウリは仁義じゃないが契約不履行はしない」

不夜城を統治する眞鍋組にしても、盗みのスペシャリストである宋一族にしても、それぞれ引くに引けない事情を抱えているらしい。

寿明は指一本動かさず、獅童とサメの話に耳を傾けた。眞鍋組の二代目組長が迎えた姐が男だと聞いて、純粋に驚いたが、今はそれどころではない。

「返してくれないならそれでもいい。俺はスイーツなベイビーをもらう」

チュッ、とサメはこれ見よがしに寿明の頭部にキスを落とす。その瞬間、獅童の輝くばかりの美貌が悪鬼と化した。

「それを返せ」

それ、と獅童は寿明を命のない物品のように口にした。必然的に寿明も自分が何かの品物になったような気がする。

「これこれ、そこの若いの、このフェアリーケーキなベイビーは獅童のものじゃない」

「俺のものだ」

「獅童のものならどうして鬼怒川くんだりまで逃げたんだ？　それも自殺するつもりだったぜ」

サメの言葉に呼応するように、寿明の傍らにいた男が遺書を高く掲げた。嘲笑っている気配は毛頭ない。

「往生際が悪かっただけだ。寿明はもう宋一族の者だ」

一度でも俺に永遠の忠誠を誓ったら永遠に有効だ、と獅童は鋭い目で寿明を脅す。寿明の声にならない思いをサメが代弁した。

「魂で拒否しているぜ」

「身体はもう俺のものだ」

「これから俺の色に染め直す」

「やる気か？」

獅童が威嚇するように一歩踏みだすと、サメは好戦的な笑みを浮かべた。

「久しぶりにマジにやるか？」

「断っておくが、周囲は宋一族で固めている。鬼怒川から脱出できないぜ」

「あんまりナメるな。そんなの対策済みだ。宋一族が怖くてキュートなブルーベリーパイは狙えないさ」

「なんでもいいから、放せ」

獅童は最後通牒とばかり、凄絶な殺気を張らせて寿明の引き渡しを迫った。確実に周囲の温度が下がる。

「この子は俺の嫁さんにする。もう決まった」

サメの意向は変わらず、寿明の所有権を主張した。

「ふざけるのはそこまでだ」

「俺もそろそろ幸せになりたいんだ。ピーチなキャラメルドーナッといちゃついて、二代目組長夫妻を呆れさせたい。あの男夫婦の痴話喧嘩には参った」

「サメにはダッチワイフがお似合いだ」

獅童が横柄な態度で嘲笑うと、サメは肩を派手に上下させた。

「今の暴言は聞き逃せないぜ」

「ダッチワイフでアラブの激戦地から逃げたのは誰だ？」

「昔話は次の機会にしようぜ。今、取り決めなきゃならないのは俺とストロベリーなハニーとの結婚式だ。俺は二代目に倣って男の嫁さんを迎えなきゃならねぇ」

サメは一呼吸置いてから、寿明に優しい表情で語りかけた。

「俺の最愛のパートナーになってほしい」

滝沢館長のために手を貸してくれ、とサメが暗に匂わせている。……そんな気がした。相違点は多々あるが、目下の目的は一緒なのかもしれない。寿明は長い睫毛に縁取られた瞳をゆらゆらと揺らした。

「……あ」

「俺は宋一族の青二才みたいにひどいことはしない。レイプもしないし、動画に撮ったりしない。尊重して、大切にする」

「……よく知っているな」

寿明が苦笑を漏らすと、サメに真顔で言われた。

「ちょっとリサーチしただけで、もうスズランみたいなユーに夢中」

「……僕は滝沢館長の気持ちが痛いぐらいわかる。自分のことのように辛い。宋一族から本物を取り返して、滝沢館長に渡してくれますか？」

毒を以て毒を制す、という諺が寿明の脳裏を過った。獅童が改心してルーベンスの傑作を返却するとは思えない。宋一族と同じぐらい空恐ろしい眞鍋組に託すべきなのかもしれない、と。

「元より、その依頼を引き受けて、必死に追った。青二才がトップに立った宋一族相手に交渉は無理だから、寿明さんを押さえるしかないという結論に至った」

「……どうして、僕？」

寿明が素朴な疑問を投げると、サメは顔をくしゃくしゃにした。

「そんなの、ツンデレが寿明さんに落ちたから」

サメの言葉の意味がわからず、寿明は首を傾げた。

「……え？」

「宋一族は忍者の『草』みたいなことをするからやっかいなんだ。寿明館長に愛の告白をしたら、絶対に尻尾を出すと踏んでいた。やったぜ」

サメは寿明が目を丸くしても楽しそうに続ける。周りにいるサメの部下たちの顔も緩んでいた。

もちろん、寿明の謎は深まるばかりだ。

「……愛の告白？」

「キューティーなハニー、俺の愛を受け取ってくれたよね？」

協力してくれ、とサメの有無を言わせぬ圧力を感じる。寿明は悪魔の如き獅童ではなく、滝沢のために動いているサメを選んだ。

「僕の望みと君の望みは同じだ」

「愛しい人、そうだよ。俺は滝沢館長の自殺を止めなきゃならない。眞鍋の二代目もリキもやたらと同情したんだ」

サメの口からサラリと高徳護国流宗主の次男坊の名が飛びだし、寿明は納得したように相槌を打った。

「……えっと、サメさん？」

「愛しい人、俺の名は鮫島昭典だ。サメ、と可愛く呼んでほしい」

「ルーベンスの本物を取り戻してください」

この得体の知れない男に賭ける、と寿明は心の中で力んだ。宋一族の若き帝王の怒気を全身に受けながら。

「俺の最愛の姫君、承知」

サメは勝ち誇ったかのように微笑むと、獅童に向かってサイレンサー付きの拳銃のトリガーを引いた。

プシューッ、プシューッ、プシューッ。

不気味な音が三発、緊迫した空気の中に響き渡る。

「サメ、少しぐらい狙え」

獅童は微動だにしなかったが、顔スレスレ、銃弾は逸れた。最初から逸れると判断していたのだろう。

「ご自慢の顔を避けたら外れるんだ」

「戦争だな」

いったいどこに隠し持っていたのか、獅童が不遜な態度で手榴弾を取りだすと、サメは楽しそうに高らかに笑った。

「わかった。さっさと戦争の準備をしろ」

サメの手にも呼応するように手榴弾がある。寿明は宋一族のトップと諜報部隊のトップによるマジックショー対決を見ているような錯覚に陥った。

「死ね」

獅童が手榴弾のピンを抜こうとした瞬間、それまで無言だったダイアナが初めて口を挟んだ。

「サメ、さすがだな。寿明を押さえるなんて目の付け所が違う」

ダイアナが渋々といった様子で乗りだすと、黒装束の男たちから安堵の息が漏れる。サメも満面の笑みを浮かべ、猫撫で声で挨拶をした。

「ダイアナ、久しぶりだ。相変わらず、綺麗だな。マイスイートハニーへの愛が揺らぎそうだ」

「じゃ、取引だ」

ダイアナが艶然と微笑んだ時、黒装束の男たちの間から低い声が上がった。

「……報告します。マークしていた学芸員と清掃スタッフが、六本木の美術館にルーベンスの絵を返却しました。居合わせた滝沢館長と専門家が早速、鑑定に取りかかった模様」

「学芸員と清掃スタッフは金目的の犯行だと自供しました。宋一族関係者だと推測されます」

「六本木の美術館に張り込んでいた宋一族関係者が消えました。同時に眞鍋組総本部と眞鍋第三ビルをマークしていた宋一族関係者も消えました」

「姐さんを尾けていた宋一族関係者も去りました。姐さんは無事ですし、何も気づいていません」

次から次へと報告され、傍らの男からｉＰａｄを差しだされる。モニター画面には六本木の美術館で泣きながら自供する学芸員と清掃スタッフが映っていた。寿明はマジックショーの続きを見ているような気分だ。

けれど、獅童の顰めっ面を見る限り、現実に違いない。手榴弾を手にしたまま、ウフィツィ美術館で展示されている彫刻のようなポーズで立っていた。

「ダイアナはさすがに話が早い。誰も立候補しなかった青二才の後見人をこなしているだけはある」

サメは手放しで若き帝王の後見人を称えたが、どこか芝居がかっていた。獅童の形相はさらに険しくなるが、ダイアナの華やかな美貌はいっさい崩れない。

「絵は返した。寿明は返してもらう」

チェンジ、とばかりにダイアナが右手を動かした。

「まだ本物だと確定していない」

「これ以上、獅童を刺激するな。うちの頭目は眞鍋の頭目と同じぐらいブチ切れたら手がつけられない」

　ダイアナがどこか遠い目で言うと、サメは全身から同志愛を漲らせた。

「お互いに苦労するな」

「そっちの二代目は姐さんに対する愛情表現が素直だからサメのほうがマシだ」

「若獅子の初恋物語が悲恋にならないことを祈るぜ」

　サメは超然とした様子で言うと、寿明の髪の毛を優しく撫でた。感謝します、と耳元に囁かれるや否や白い煙が立ちこめる。

「……ぐっ……ご、ごほっ……」

　寿明が咳き込んでいると、獅童の殺気に満ちた罵声が響き渡った。

「逃がすな。殺せっ」

「獅童、戦争は愚か者のすることだ。姫が残ったからいいだろう」

　立ちこめる白い煙の中、激しく揉み合う音が聞こえてくる。寿明はタオルケットで鼻と口を押さえた。

　害はない、と犬童が早口で言いながら窓を乱暴に開ければ、白い煙が霧のように引いていく。

　サメや眞鍋組の男たちは忽然と消え、獅童とダイアナが睨み合っていた。

「ダイアナ、よくも勝手なことをしやがって」

獅童は今にも殴りかかりそうな剣幕だが、ダイアナは平然としていた。叔父という余裕が漂っている。

「どうせ、獅童じゃ寿明を取り戻しても、取り戻せなくても、開戦に踏み切る」

「戦争のどこが悪い」

「この意地っ張り、いい加減にしろ。あのままだったら、寿明はサメの愛人になっていた。取り返してやったんだから騒ぐな」

サメの愛人、とダイアナは皮肉っぽく強調する。暗にフランス外人部隊上がりの男の力に言及しているようだ。

「誰もこんな命令はしていない」

「去ってやるから、さっさと寿明とまとまるなり、始末するなり、カタをつけろ。こんな中途半端な状態が一番危険だ」

ダイアナは言うだけ言うと、犬童とともに縁側の向こう側に消えた。とうとう最後まで天井を破壊した詫びはなかった。

瞬く間に、寿明と獅童のふたりきりだ。つい先ほどまでの張り詰めたあれこれが嘘のように静まり返る。

クシュン、と寿明は肌寒さを感じてくしゃみをした。

いくら過ごしやすい季節でも、晴信に扮したサメに浴衣を剝ぎ取られたままの姿では寒い。今さらながらに慌てて、ぐちゃぐちゃになった浴衣に手を伸ばした。

が、その手を摑まれる。

「おい、何か言え」

獅童に尊大な目で見下ろされ、寿明は掠れた声で言った。

「ルーベンスの絵を返してくれてありがとう。これで滝沢館長は自殺しない……いや、お礼を言う必要はないんだよな」

寿明が自嘲気味に息を吐くと、獅童の絶妙な形の眉が剣呑に顰められた。

「お前はサメの愛人になりたかったのか？」

「……まさか」

「よくも俺に逆らいやがって」

寿明は辺りを見回したが、小刀や拳銃、手榴弾などの武器はひとつもなかった。畳に突き刺さった小刀も消えている。自分の命を消せる凶器がない。

「覚悟はできている。せめて一気に始末してほしい」

最初から命乞いする気は毛頭ないが、拷問を受けるのは避けたかった。寿明の脳裏にはちょっとした拍子に知った残虐な拷問の歴史がこびりついている。

「死にたいのか？」

「盗賊の一味になってまで生きようとは思わない」

「この野郎っ」

獅童に凄まじい力で押し倒され、寿明は畳に仰向けになった。

「……あっ」

「お前は俺のものになったんだ」

体重を乗せてきた獅童の背後に、大きな穴が開いた天井が見える。辛うじて屋根は無事だから、夜空は広がっていない。

「……僕は……」

寿明の反論を遮るように、獅童がきつい声で言った。

「俺の言うことを聞いていればいい」

どうやったら死ねるか、と寿明の頭の中は自死の方法でいっぱいになった。もっとも、

「一気に殺してくれ」

獅童の身体の重さを感じ、冷静に考えられない。

「誰が殺すかよっ」

獅童は吐き捨てるように言ってから、寿明の首筋に顔を埋めた。それだけで寿明の下肢が震える。

「……さっき……僕を殺していたらルーベンスの絵は返さずにすんだ。どうして僕を殺さ

なかった？」

寿明は持てる理性を振り絞り、心の底から湧いた疑問を口にした。今さらながらにサメの言葉が鼓膜に蘇る。あの時、確かに言ったのだ。『そんなの、ツンデレが寿明さんに落ちたから』と。去り際には『若獅子の初恋物語が悲恋にならないことを祈るぜ』と。

「サメのガードが緩まなかった」

獅童は首筋に顔を埋めたまま、くぐもった声で答える。密着している身体から焦燥感が伝わってきた。

「サメに僕を渡せばよかったのに」

「お前は俺に永遠の忠誠を誓った。俺は永遠の忠誠を誓った部下を守る義務がある」

いったいどんな顔で言っているのだろう。思わず、寿明は首筋に埋められた傲岸不遜な青年の頭部に触れた。淡い栗色の髪の毛は羽毛のように柔らかいが、頭自体はとても固い。

「……僕を守る？」

それは違う、と寿明は異議を唱える。

「お前は俺のものになった。それだけ覚えていろ」

重なり合っている肌からなんとも言いがたいジレンマがひしひしと伝わってくる。ダイアナのセリフも嚙み締め、寿明はとうとう思い当たった。

……あれ？

まさか、そんなことはないと思うけれども否定できない。

人としての血が流れていないような男にそんな心があるのか、と寿明は自分の考えに困惑した。

しかし、どんなに懸命になっても打ち消せない。

「……君はもしかして僕が好きなのか？」

寿明が感情を込めずに聞くと、獅童は顔を伏せたまま地を這うような低い声で答えた。

「……自惚れるな」

口では否定している。

だが、獅童の行動が如実に物語っている。何故、眞鍋組のサメが自分の前に現れたのか、獅童に見せつけるように口説いたのか、寿明は漠然と理解した。

……信じられないが、そういうことなのか。

どう考えても信じられないが、この尊大な男が僕を好きなのか、と寿明は顔を上げない獅童を思う。

その瞬間、寿明の中で何かが弾けた。

今までの人生の中、一度も感じたことのない感覚だ。ふわふわしてきて、自分が自分でないような気がする。

これはなんだ。

この浮遊感はなんだ。

心臓の鼓動も一気に早くなる。

完全におかしい、と寿明は躊躇いつつも、ダイアナやサメが獅童に向けた言葉を思いだす。

獅童は意地っ張りと揶揄されていたから、決して自分の気持ちを認めたりはしないだろう。寿明もそれはなんとなくわかった。

……いや、たとえ獅童が認めたとしても応じるつもりはない。彼が犯罪者であることは確かだから。

何より、惨い男だ。

「……なら、繰り返す。僕は宋一族の仲間にはならない。始末してくれ」

寿明は心の底から沸々と湧き起こる初めての感覚を押し殺し、自身のプライドで死を選択する。

「始末するつもりはない。覚悟しろ」

獅童はくぐもった声で言うや否や、寿明の首筋に歯を立てた。

「……いっ……」

「お前は俺のものだとわからせてやる」

獅童に平らな胸の突起を囓られ、下肢を揉み扱かれ、寿明の全身は痺れる。耐えられず、上ずった声を上げた。

「……あっ……あぁっ」

「二度と俺に逆らうな」

獰猛な野獣に襲われている気がする。なのに、野獣が泣いているようにも見える。寿明の目も心もおかしくなった。

「……泣いているのか？」

知らず識らずのうちに、寿明の口が勝手に動いた。

「何故、俺が泣く？」

意表を突かれたのか、寿明の身体を貪っていた獅童の唇や手の動きがピタリと止まる。肌に緊張が走ったようだ。

「……泣いているように見えた」

寿明が正直に明かすと、獅童は苦虫を嚙み潰したような顔で舌打ちをした。図星を指された少年に見える。

それなのに、口では虚勢を張った。

「泣くのはお前だ」

少年に見えた獅子の大きな手が局部に伸び、寿明の下肢が派手に引き攣った。

「……あっ……」

「お前は俺に従うしかないんだ」

獅童に煽るように分身を揉み扱かれ、寿明は腰を揺すって逃げようとした。ぎゅっ、ときつく握られてしまう。

「……いっ」

「俺だけ見ていろ」

獅童に顔を覗き込まれたが、寿明は目を合わせることができない。何せ、分身を握っていた獅童の手が動きだした。

じわじわとした快感が身体の奥から湧き上がってくる。

「……いっ……や……」

「俺の言葉だけ聞いていろ」

獅童の手が前から後ろに移動した。当然の権利のように、身体の最奥に触れられる。寿明は掠れた声で咎(とが)めた。

「……そ、そんなところに触るなっ」

もう何も知らないわけではない。他人に見られたいと思わない場所を使われる恥辱にまみれるのは二度といやだ。

それなのに、狭い器官はすんなりと獅童の長い指を受け入れた。まるで待ち侘(わ)びていたかのように。

「俺のもののくせに逆らうな」

「……あ、あっ……」

ゾクゾクゾクッ、と湧き上がる快感の波を押し殺そうとしたが徒労と化す。快感の波は大きくなるばかり。

「俺のものになるしかないんだ」

俺がお前に惚れたと思うから、と尊大な帝王は、地獄の門番のような声でボソボソと続けた。

「……やっ……」

「俺がこれだけ言ってやっているんだからわかれ」

闇組織の頭目どころか、巷の子供のように感情を爆発させる。ただ、醸しだすオスのフェロモンは凄まじい。

「……ぼ、僕の気持ちは……」

寿明は飛びそうになる理性を必死になって押し留め、上ずった声で反論しようとした。もっとも、舌が上手く回らない。

「お前は俺に惚れていると思う」

「……違う……あっ……」

「俺に惚れろ」

獅童の苛立ち混じりの情熱が、寿明の敏感な身体に伝わってくる。尊大な帝王自身、困惑しているようだ。

「……む、無理……」

好きになるはずがない。

好きになりたくない。

好きになったら破滅だ。

意識するな、と寿明は自分で自分に言い聞かせた。今、自分の身体に唇を這わせている犯罪者は危険だ。

「身体は俺に惚れたぜ」

勝ち誇ったように宣言する若い獅子が憎たらしい。

「……や……やっ」

寿明がどんなに泣いて叫んでも、獅童は一向に聞き入れてくれなかった。耐えがたい激痛と圧迫感に苦しめられる時間が続く。

……否、苦しいばかりではないから辛かった。巧みに追い上げられ、寿明の素直な身体はおかしくなる。

「……やっ……殺し……殺してくれ……」

「馬鹿のひとつ覚えみたいに繰り返すな」

「……も、もう放してくれーっ」

あられもない言葉を口にする前に、なんとしても離れたい。寿明は涙目で叫んだが、あっさりと却下された。

「放すわけねぇだろ」

傲慢な獅子に最愛の恋人を見つめるような目で言い切られ、寿明の心臓の鼓動がますます速くなる。情熱的な熱さで抱き締められ、呼吸が苦しい。

「……も、もう……もっ……」

「身体は俺に惚れているから大丈夫だ」

「……そ、そんなことは……」

寿明にとって拷問にも似た苦しくて甘い時が流れた。犯罪者を好きになるはずがない、という思いも薄れるぐらいに。

9

形のいい松や楕円形の池、計算され尽くした飛び石など、窓の外に広がる日本庭園はいつもとなんら変わらず、眩いばかりの陽の光に照らされている。雀が三羽、楽しそうに楓の木の枝に留まっていた。何事もなければ、縁側から望める一枚の絵に心を和ませていたかもしれない。

寿明が意識を取り戻した時、寝室の布団で寝ていた。自分で布団を敷いた記憶もなければ、移動した覚えもない。隣には当然のように美麗な陵辱者がいた。

寿明は自分の枕が獅童の腕だと気づき、愕然とした。それでも、布団から出ることができない。腰がどんよりと重くて動かないのだ。

「……仕事が」

開館に間に合わない、と寿明は持てる力を振り絞って立ち上がろうとした。

しかし、獅童の無慈悲な腕に引き戻される。そのうえ、さらに密着するように抱き直された。寿明の枕は獅童の分厚い胸だ。

「今日は休みだぜ」

獅童のどこか気怠い声が聞こえれば、枕と化している胸も動く。寿明は今までこんな体勢を取ったことがないから戸惑うばかりだ。

「……あ、そういえば」

「腹が減ったな」

獅童は寿明を抱き人形のように抱き締めたまま、天井に向かってのっそりと独り言のように呟いた。

「……君は……本当に君は……」

あまりにもいろいろと言いたいことがありすぎて、何からどのように言えばいいのか、寿明はまったくわからなかった。せめて獅童の腕から逃れたい。

だが、寿明が渾身の力を振り絞って首を動かしても、獅童の圧倒的な力によって引き戻される。

「出前の蕎麦と親子丼は食い飽きた」

「どこかにさっさと食べに行けばいい」

「お前を置いてはいけないさ」

連れていく、俺のそばにいろ、と傲慢な若者に甘い責め苦とともに何度も言われた。それでも、寿明は承諾しなかった。

「僕の意志は変わらない」

身体は征服されても心は支配させない。

寿明の矜持が伝わったらしく、獅童の東西を融合させた美貌が険しくなる。

「その頑固っぷりは命を落とす」

獅童は腹立たしそうに腕にいる寿明の細い身体を揺さぶった。乱暴な手つきではない。どこか拗ねているような手と顔だ。

「人のことが言えるか？」

「お前はもうすでに眞鍋やほかの組織に俺のものだとマークされた。俺から離れて生きるのは無理だぜ」

昨夜、ふたりの意志は平行線を辿ったまま、決して交わることがなかった。結ばれたのは身体だけだ。布団の周りにも生々しい情交の残骸があり、寿明はいたたまれなくなってしまう。祖父が長年連れ添った祖母を癒やすために手に入れた別荘で不埒なことをしてしまった。

「何度も同じ話を繰り返すのはやめよう。時間の無駄だ」

始末するならさっさと始末しろ、と寿明は何度目かわからない意思表示をした。

犯罪者の肌が気持ちいい。素肌で身体を密着させると心地よいからさらに罪悪感が湧くのだ。

「お前がこのまま鬼怒川に残るなら、俺も鬼怒川に残る。それでいいな」

「宋一族の総帥はそんなに暇なのか？」

寿明が呆れ顔で指摘すると、獅童は覇気のない声で答えた。

「お前が人質に取られるよりマシさ」

人質、という言葉に獅童の内心が漏れた。……そんな気がした。

「どうして、僕が人質に取られる？」

僕に人質の価値があるのか。

君の人質ならば君にとって大事な人のはずだ、と寿明が探るような目で尋ねると、若い男の胸の鼓動がいきなり早くなった。底の知れない大盗賊の首領も自身の鼓動の速さはコントロールできないらしい。

「……腹が減った」

獅童の引き攣った顔から焦燥感がありありと伝わってくる。不気味な闇組織の統治者ではなく、どこにでもいる青年に見えた。それもとびきり不器用な。

「答えたくないのか」

寿明が軽く微笑むと、獅童は仏頂面で言い放った。

「健作に点心でも作らせて運ばせる」

健作の姿で侵入した獅童のセリフに違和感を抱く。寿明は今さらながらに鬼怒川での裏舞台を尋ねた。

「君は蕎麦屋の健作さんとして鬼怒川で働いていたんだな？」

らしい。

眞鍋組のサメは蕎麦屋の健作か、幼稚園の園長か、どちらなのか、判断がつかなかった
「……ああ、お前が鬼怒川に逃げ込んだ日に俺も鬼怒川入りした。その日から俺が健作だ」

「……え？　当日から健作さんに化けていたのか？」

「健作のコピーに一晩かかった」

獅童が健作として鬼怒川で暮らすなら、顔形だけ模倣しても無駄だ。すぐに地域の住人に異変を感じ取られるだろう。

「本物の健作さんは宋一族の関係者だったのか？」

「十年前、本物の健作夫婦が旅行先の交通事故で亡くなった際、宋一族のリタイア夫婦が入れ替わった」

「こんな田舎の美術館も宋一族は目をつけていたのか？」

寿明が仰天して目を瞠ると、獅童はなんでもないことのように説明した。

「美術館自体にお宝が流れてくる可能性は低いが、高徳護国流宗家が近い。警察関係者が多い高徳護国流の周囲にメンバーを忍ばせておくのは必須だ」

「そこまでしているのか」

「俺に逆らっても無駄だ」

あっさりと宋一族の内情を明かしたのは、力を誇示するためだったらしい。寿明は獅童の意図に気づき、大きな溜め息をついた。

最初からわかっているが、個人では太刀打ちできない。逃げられないとすればどうしたらいいのか。

「美術館が落ち着くまで、僕はこの場を離れられない」

当初、強引に押しつけられた形の館長だった。地域に密着した温かな美術館がいつの間にか、大切な存在になっていた。

「……なら、当分の間、俺は蕎麦屋のオヤジだ」

獅童は寿明のなめらかな肌につけたキスマークを撫で回しながらサラリと言い放った。東京に戻る気はないらしい。

「宋一族は休業か？　それなら世のためだ」

寿明が皮肉っぽく言うと、獅童は不敵に笑った。

「俺がいるところが宋一族の本拠地になる」

「まさか、隣の蕎麦屋が本拠地になるのか？」

どんなに想像力を発揮させても、昔ながらの瓦屋根のこぢんまりとした蕎麦屋が闇組織の本拠地だと思えない。セキュリティはゆけむり美術館より杜撰なはずだ。

「明日は定例会だ。俺の元に幹部が集まるさ」

「鬼怒川を犯罪者だらけにするな」

そこでふと、愛想のいい健作を思いだした。地元に愛されている蕎麦屋のセールスポイントは手打ちだ。健作は蕎麦打ち名人として評判が高かった。

「獅童は蕎麦が打てるのか？」

美の女神に愛された青年の蕎麦を打つ絵が想像できないが、美術館に出入りする健作は気のいいオヤジそのものだった。

「蕎麦より刀削麵」

意地っ張りな若者の言い回しから、返答が手に取るようにわかる。

「健作さんのコピーをしても蕎麦打ちはコピーできなかったのか」

ルーベンスのようにハイスペックな男だと思ったけれど蕎麦は打てないんだ、と寿明は妙な安心感を覚えた。自分でもわけがわからないが、完璧ではない獅童に向けて満面の笑みが零れる。

「レトルトをレンジで温めることしかできない女よりマシだろ」

獅童が憮然とした顔つきで口にした女性には覚えがある。過去に炊飯器を二台、破壊したという裕子だ。

「裕子さんのことを言っているのか？」

「晴信や桑田は本気でお前と裕子を結婚させようとしやがった」

闇組織の頂点に立つ男から嫉妬心を感じ、寿明は瞬きを繰り返した。思わず、口にしてしまう。

「……妬いているのか？」

寿明の質問を聞いた瞬間、獅童のシャープな頬が引き攣った。胸の鼓動も異常だ。

「誰が妬くか」

獅童は腹から絞りだしたような声で否定した。天才画家が画布に描きたがるだろう美貌が無残にも崩れている。

「妬いていないなら聞き流せばいい」

意外にもわかりやすい、と寿明は巷の少年に見える闇組織の頭目に頬を緩めた。一度、子供に見えると子供で定着してしまう。

まかり間違っても、単なる子供ではないのに。

「俺のものを俺の許可なく、つがいにはさせない」

獅童は内心の動揺を誤魔化すように、寿明の細い肩を抱き直した。

「……つがい？」

「俺は獅子」

「……ああ、それで獅童？」

「お前には『兎童』という名をやる。喜べ」

突然、巨大な闇組織に君臨する男に通り名を与えられ、寿明は面食らってしまう。はっきりとした声で拒んだ。

「いらない。僕には祖父に名付けてもらった名前がある」

「今、この時よりお前は兎童だ」

「兎は獅子に捕食される」

獅子という百獣の王に対し、兎という小動物が不吉に感じた。力関係が歴然としている。

「よくわかっているな」

カプッ、と野獣の如き若い男に胸の飾りを嚙みつかれ、寿明は食いちぎられるかと焦った。

「空腹ならさっさと起きてどこかに食べに行け」

寿明は栗色の髪の毛を引っ張ったが、なんの効果もなかった。腹を空かせた獅子は胸の突起から離れない。

「兎を食うからいい」

「……こ、このっ」

昨夜からずっと身体のあちこちを弄くられ、すでに胸の突起は赤く腫れていた。熱を持って疼く。

「兎童、ここは苺(いちご)みたいだな」

「……も、もうっ」

「勝手に死ぬのは許さない。お前は俺に食われて死ぬんだ」

お前が死ぬのは俺の腕の中、と尊大な支配者の目は雄弁に語っている。早くも下肢は熱くなっていた。

「……やっ」

「勝手に死んだら、お前の一族郎党に罰を与える。覚悟しろ」

「……や、やめっ」

寿明が死に物狂いで抵抗すると、突然、傲慢な若者が漲(みなぎ)らせている気が変わった。

「兎、惚(ほ)れたと思うから俺のものになれ」

傲慢な支配者とは思えない声が漏れる。昨夜もよく似たことを言っていたが、雰囲気がまるで違う。

寿明の中で名前のつけられない何かが弾(はじ)けた。

「……む、無理だ」

好きになるはずがない。

好きになってはいけない。

犯罪者を意識するな、と寿明は自分で自分に言い聞かせる。いきなり心臓の鼓動が早くなったから焦った。

「兎、お前も俺に惚れたと思うから俺のものになれ」

「……そ、それはない……」

「お前は俺に惚れた」

死ね、とは思わない。あれほど強かった憎悪が薄れて戸惑っているが、好意は抱いていない。寿明は潤んだ目で否定した。

「……ない」

「俺に惚れなきゃ、こんなに可愛くない」

獅童は真摯な目で寿明の耳まで真っ赤にした顔を見つめた。なんとも甘い空気がふたりを包む。

「……む、無茶苦茶な理論……」

「お前が可愛くなきゃ、俺は勃たなかった」

「身勝手な理論を振り回すな」

「兎、怪盗はお前だ」

九龍の大盗賊に怪盗と呼ばれ、下肢を巧みに追い上げられ、寿明の理性は今にも飛びそうだ。

が、すんでのところで押し留まる。唇を奪われ、身体を奪われ、自尊心を奪われ、寿明は奪われ続けている。

「……僕は何も盗んでいない……やっ……」

「俺の心を返せ」

「……ええ？　……もっ……これ以上はやめてくれーっ」

兎と命名された時点で寿明の運命は決まってしまったのだろうか。

その日、とうとう布団から出してもらえなかった。朝から晩まで獰猛な獅子に食われ続けた。自分の身体が自分の持ち物ではない。

みじめさと恥ずかしさで寿明の身も心も悲鳴を上げる。

それなのに、どういうわけか、死への願望が消えていた。獅子に対して殺意どころか憎悪も抱かないから不思議だ。

憎んで当然の男なのに憎めない。


翌日、寿明は果てしない布団での攻防戦にようやく勝ち、慣れ親しんだゆけむり美術館に向かう。

早急に今後について対策を練りたかったが、次から次へと団体の観光客が押し寄せ、それどころではなかった。

遅い昼食は隣の蕎麦屋のわかめ蕎麦だ。いつもと同じように、愛嬌のある健作が運んできた。

「館長、いなり寿司と芋羊羹をおまけでつけるから食べておくれ。ちょっと見ないうちに痩せたかい？」

人好きのする健作の笑顔に苛立つ。何せ、馴染みの蕎麦屋の店主の素顔を知っている。寿明に言いようのない怒りが込み上げてくるが、わかめ蕎麦を眺めてぐっと堪えた。ここで感情を爆発させてもどうにもならない。

それでも、チクリと宋一族の総師に嫌みを飛ばした。

「健作さん、ありがとう。そろそろ本業に戻ったらどうですか？」

「館長、何を言うかね？　これがわしの本業だよ」

「……では、ワークショップで健作さんの蕎麦打ち講義を企画しています。蕎麦打ち名人として講義を引き受けてくれますか？」

「可愛い館長のためなら引き受ける。任せておくれ」

ワークショップの最中だけ、健作として暮らしていた男とすり替わるのだろうか。健作に扮した獅童はボロを出さない。

「あ～っ、その蕎麦打ちのワークショップはいい企画です。定年退職後のオヤジが目指すことといえば蕎麦打ちです。都心に向けてもアピールしましょう。館長、さすがですね」

裕子が蕎麦打ちのワークショップに諸手を挙げて賛成し、その場で健作に化けた獅童と話をまとめた。ふたりとも楽しそうに盛り上がっている。

寿明が複雑な気分で呆然としていると、とろろ蕎麦を注文した桑田に声をかけられた。

「館長、蕎麦が伸びますよ」

目の前に置かれたわかめ蕎麦に毒物が混入されているとは思えない。

「……そうですね」

母に教育された通りに両手を合わせてから、寿明はわかめ蕎麦を口に運んだ。蕎麦には食傷気味だが、大盗賊関係者が作ったとは思えないぐらい美味しい。

「……館長、それでですな。わしが間違っていました。今朝、裕子は三台目の炊飯器を壊しました。あれを館長の嫁になんてとんでもない。すみませんでした。忘れてください」

桑田に耳を澄まさないと聞き取れないような声で言われ、寿明は箸を手にしたまま小声で答えた。

「裕子さんにはほかに相応しい相手がいます。……が、それで、どうやって炊飯器を壊したんですか？」

「わしにもあれのすることはわからない……入館しようとする猫や犬よりわからない……芸術だという絵も彫刻もわからんし、ネロがどうしてルーベンスの絵を観たがったのかわからんが……あれは……」

桑田にとって実の娘のような姪は最大の謎らしい。寿明にとって最大の謎は宋一族の若きトップだ。

「世の中はわからないことで満ちています」

「館長でもわからないことがあるんですか」

「当然です」

寿明と桑田がしみじみと世の無常にも似た謎を噛み締めていると、健作による蕎麦打ちのワークショップの期日や講座名が決定する。裕子は鼻歌混じりにボードの月間スケジュールに書き込んだ。

「館長、楽しみにしていておくれ。わしの秘技を披露する」

健作こと獅童は胸を張って宣言したが、寿明は白々しくてたまらない。

「蕎麦打ちの秘技ですか?」

「そう、わしの秘技で館長を楽しませてやるぞ」

獅童はいつもの健作の温和な笑顔を浮かべて出ていった。寿明は複雑な気分に苛まれるが、走りだした裕子は止められない。

遅い昼食を終え、溜まっていた事務処理をしていたら閉館時間を迎えた。一日はあっという間で、裕子と今後について話し合う間もない。さしあたって、裕子には学芸員の資格を取得してもらうつもりだ。

六本木の美術館の館長である滝沢からメールが届いた。簡潔な謝辞にすべてが込められている。

宋一族が返却したルーベンスの傑作は本物なのだろう。

「……よかった」

寿明は安堵の息を漏らし、なんの気なしに、窓の外に視線を流す。真っ赤な夕陽が沈みかける中、隣の蕎麦屋の駐車場に地元ナンバーの車が停まり、地味なワンピースに身を包んだダイアナとジーンズ姿の犬童が降りた。ほかにも全国各地のナンバーの車やバイクが何台も停車し、吸い込まれるように蕎麦屋に入っていく。

傍目から見れば、観光客に見えないこともないが、十中八九、宋一族の関係者だろう。これから宋一族の定例会が開催されるのだろうか。人情味溢れる温泉地が盗賊集合地になってしまうのか。

瞼に獅童を浮かべた瞬間、胸が締めつけられるように痛む。今までに経験したことのない種類の激痛だから、設備の整った病院で検査したほうがいいのかもしれない。寿明は痛む胸を押さえつつ、九龍の大盗賊の残像を脳裏から消した。

……いや、消すことができない。

『惚れたと思うから俺のものになれ』

聞き間違いだと思っていた獅童の言葉が耳に蘇る。怪盗と憎々しげに呼ばれた理由もなんとなくわかった。

「……痛っ」

僕が盗んだのは獅童の心？

まだ信じられないけれど、いったい僕のどこが気に入ったんだ。

獅童ならどんな相手でも手に入るだろうに、と寿明は窓の外の光景に途方に暮れた。胸はずっと痛いままだ。

『お前も俺に惚れたと思う』

闇組織のトップから洗脳のように繰り返された言葉が、棘のように深淵に突き刺さっていた。心因性のストレス、胸の痛みの原因は獅童だろうか。

『お前は俺に惚れた』

何故、こんな時でも獅童の声が聞こえる。

好きになるはずがない。

好きになってはいけない。

決して心を許してはいけない、と寿明は自分に言い聞かせる。獅童はイヴをそそのかした蛇より危険な男だ。それでも、心から出ていかない。不幸も願えない。死んでほしいとも思えない。殺したいとも思わない。憎むべき男なのに憎めない。今までこんな感情を抱いたことは一度もない。

僕はいったいどうしてしまったんだ、と寿明は名前のつけられない気持ちに頭を抱える。

もちろん、それ以上に宋一族の幹部たちが頭を抱えていたのは知る由もない。宋一族の若獅子が恋に落ちた、と。

あとがき

講談社X文庫様では四十七度目ざます。自分の悪運の強さをひしひしと噛み締めている樹生かなめざます。

……ええ、ランドセルを背負っていた遠い時代から現在までのあれやこれやの趣味が、詰まりまくったような物語を綴らせていただきました。日光の晴信や暗躍中のサメにも触れられました。奇跡ざます。これもそれも日頃の行いがいいから……なんてことは絶対になく、すべて読者様のおかげです。どんなに感謝しても足りません。

担当様、いつもながらありがとうございます。

神葉理世様、執筆した本人もどんな風にお願いしていいのかわからないのに、素敵に仕上げてくださってありがとうございました。

読んでくださった方、ありがとうございました。

再会できますように。

アントワープに飛んでいきたい樹生かなめ